George Steiner

Maîtres et disciples

Traduit de l'anglais
par Pierre-Emmanuel Dauzat

Ouvrage traduit avec le concours
du Centre national du livre

Gallimard

Dans la même collection

LES ANTIGONES, *n° 182.*
DANS LE CHÂTEAU DE BARBE-BLEUE, *n° 42.*
LA MORT DE LA TRAGÉDIE, *n° 224.*
PASSIONS IMPUNIES, *n° 385.*
RÉELLES PRÉSENCES, *n° 255.*

Cet ouvrage a été originellement publié par Harvard University Press.

Titre original :
LESSONS OF THE MASTERS

COLLECTION FOLIO

Né à Paris en 1929, George Steiner a reçu une éducation française et anglo-saxonne. Il enseigne la littérature comparée à l'université de Genève et est professeur honoraire au Churchill College de l'université de Cambridge. Philosophe du langage, critique littéraire et romancier, il a publié, entre autres, *Langage et silence, Après Babel, Martin Heidegger, Le transport de A.H., Les Antigones, La mort de la tragédie, Épreuves, Passions impunies* et *Errata.*

Pour Rebecca, pour Miriam, un jour

INTRODUCTION

Au terme d'un demi-siècle d'enseignement, dans maints pays et systèmes d'enseignement supérieur, je me suis trouvé de plus en plus incertain de la légitimité, des vérités sous-jacentes de cette «profession». Je mets ce mot entre guillemets pour signaler la complexité de ses racines dans des antécédents religieux et idéologiques. La «profession» du «professeur» — mot lui-même un peu opaque — recouvre toutes les nuances concevables, du gagne-pain routinier et désenchanté au sentiment exalté de sa vocation. Elle comprend maintes typologies, du pédagogue qui détruit l'âme au maître charismatique. Immergés que nous sommes dans des formes d'enseignement presque innombrables (enseignement élémentaire, technique, scientifique, humaniste, moral et philosophique), il est rare que, pour les considérer, nous mettions à distance les merveilles de la transmission, les ressources du faux et ce que j'appellerais, en attendant une définition plus précise et matérielle, le *mystère* de la chose. Qu'est-ce qui habilite un homme ou une femme à «enseigner» à un autre être humain? Où réside la source de l'autorité? Et quels sont les grands ordres de réponses des enseignés? La question a contrarié saint Augustin; dans le climat libertaire d'aujourd'hui, elle est devenue grossière.

Pour simplifier, on distingue trois grands scénarios, trois structures de relations. Des maîtres ont détruit leurs disciples, sur un plan psychologique et, plus rarement, physique. Ils ont brisé leur ardeur, consumé leurs espoirs, exploité leur dépendance et leur individualité. Le domaine de l'âme a ses vampires. En contrepoint, des disciples, des élèves, des apprentis ont subverti, trahi et ruiné leurs maîtres. Là encore, ce drame possède des attributs aussi bien mentaux que physiques. À peine élu recteur, un Wagner triomphant éconduira le Faust moribond, son ancien *magister.* La troisième catégorie est celle de l'échange, d'un éros fait de confiance réciproque et, en vérité, d'amour (le « disciple aimant » de la Cène). Par un processus d'interaction, d'osmose, le maître apprend de son disciple lors même qu'il enseigne. L'intensité du dialogue engendre l'amitié au sens le plus haut du terme. Il peut engager et la clairvoyance et la déraison de l'amour. Songez à Alcibiade et Socrate, Héloïse et Abélard, Arendt et Heidegger. Il est des disciples qui se sont sentis incapables de survivre à leurs maîtres.

Chacune de ces formes de relation — et l'éventail infini de leurs mélanges et de leurs nuances — a inspiré des témoignages religieux, philosophiques, littéraires, sociologiques et scientifiques. Par sa dimension réellement planétaire, le matériau défie toute étude d'ensemble. Les chapitres qui suivent veulent apporter la plus sommaire des introductions ; leur sélectivité confine à l'absurde.

Les questions qui y seront abordées sont enracinées dans des circonstances à la fois historiques et éternelles. Les axes du temps se croisent et se recroisent. Que signifie transmettre *(tradere)* ? De qui à qui cette transmission est-elle légitime ? Les liens entre *traditio*, « ce qui a été transmis », et ce que les Grecs appelaient *paradedomena*, « ce qui se transmet maintenant », ne sont jamais transparents. Que la sémantique de la « trahison » et celle de la « traduction » ne soient pas totalement éloignées de celle de la « tradition » n'est sans doute pas un hasard. Ces vibrations de sens et d'intention sont à leur tour à l'œuvre au cœur du concept, lui-même constamment provocant, de « traduction » *(translatio)*. En un sens fondamental, l'enseignement est-il une forme de traduction, un exercice entre les lignes, aurait dit Walter Benjamin quand il assignait à l'interlinéaire d'éminentes vertus de fidélité et de transfert ? Nous verrons la multitude des réponses apportées.

Dans l'enseignement authentique, on a vu l'*imitatio* d'un acte transcendant, plus précisément divin, de dévoilement, de ce déploiement et de ce repli des vérités que Heidegger attribue à l'Être *(alêtheia)*. L'abécédaire ou l'étude savante profane imite un gabarit sacré, canonique, un original qui, *via* des lectures philosophiques et mythologiques, a lui-même été communiqué oralement. Le maître n'est pas plus, mais aussi pas moins, qu'un auditeur et un messager, auquel sa réceptivité inspirée, puis exercée *(schooled)*, a permis d'appréhender un Logos révélé, cette « Parole au commencement ». Tel est au fond le modèle justificateur du maître qui enseigne la Torah, explique le Coran ou commente le Nouveau Testament. Par analogie — et que de perplexités ne font-elles surface dans les usages de l'analogue ! —, ce paradigme s'étend à la communication, à la transmission et à la codification du savoir profane, de la *sapientia* ou de la *Wissenschaft*. Déjà, chez les maîtres des saintes écritures et de leur exégèse, nous trouvons des idéaux et des pratiques promis à une modulation dans la sphère séculière. Ainsi Augustin, Aqiva et Thomas d'Aquin appartiennent-ils à toute histoire de la pédagogie.

Par opposition, on a soutenu que la seule licence honnête, vérifiable, de l'enseignement, de l'autorité didactique, passe par la vertu de l'exemple. Le maître montre à l'élève sa façon d'aborder le matériau, son aptitude à mener à bien l'expérimentation chimique (le laboratoire a ses « démonstrateurs »), sa capacité de résoudre l'équation sur le tableau noir ou encore de dessiner exactement le moulage de plâtre ou le modèle vivant au sein de l'atelier. L'enseignement par l'exemple est une forme de promulgation et peut être muet. Peut-être devrait-il l'être. La main guide celle de l'élève sur le clavier. L'enseignement valable est ostensible. Il montre. Cette « ostentation », qui a tant intrigué Wittgenstein, est inscrite dans l'étymologie : *dicere*, en latin, « montrer », et, ensuite seulement, « montrer en disant » ; en moyen-anglais, *token* et *techen*, qui connotent implicitement « ce qui montre ». (L'enseignant serait-il, en définitive, un *showman* ?) En allemand, *deuten*, qui signifie « montrer du doigt », est inséparable de *bedeuten*,

« signifier, vouloir dire ». La contiguïté force Wittgenstein à nier la possibilité de toute instruction textuelle honnête en philosophie. Pour ce qui est de la morale, la vie réelle du maître possède, seule, une valeur démonstrative. Socrate et les saints enseignent en existant.

Ces deux scénarios sont sans doute des idéalisations. Si simplifiée qu'elle soit, la perspective de Michel Foucault n'est pas sans pertinence. On pourrait voir dans l'enseignement l'exercice, ouvert ou dissimulé, de rapports de forces. Le maître possède un pouvoir psychologique, social et physique. Il peut récompenser et punir, exclure et promouvoir. Son autorité est institutionnelle ou charismatique, voire les deux à la fois. Elle se nourrit de promesses ou de menaces. Le savoir, la *praxis* mêmes, tels qu'ils sont définis et transmis par un système pédagogique, par les instruments scolaires, sont des formes de pouvoir. En ce sens, même les formes d'instruction plus radicales sont conservatrices et chargées des valeurs idéologiques de la stabilité (en français, la *tenure*, le fait d'être « titulaire », est *stabilisation*, établissement). De nos jours, les « contre-cultures » et les polémiques *New Age*, héritières de la querelle avec les livres propres au primitivisme religieux et à l'anarchie pastorale, ne voient dans le savoir formel et la recherche scientifique que des stratégies d'exploitation, de domination de classe. Qui enseigne quoi ? à qui et à quelles fins politiques ? C'est ce projet de maîtrise, d'enseignement assimilé à un pouvoir brut, porté au faîte de l'hystérie érotique, dont Ionesco fait la satire dans *La Leçon*.

Le refus d'enseigner, la répudiation de la transmission sont quasiment ignorés. Le maître ne trouve point de disciples, aucun destinataire digne de son message, de son héritage. Moïse détruit les premières Tables, précisément celles qui sont écrites de la main de Dieu. Lors même que son besoin de réception le met au supplice, Nietzsche est obsédé par l'absence de disciples à la hauteur. Tel est le motif de la tragédie de Zarathoustra.

Il se peut aussi que la *doxa*, la doctrine et le matériau à enseigner soient jugés trop dangereux pour être transmis. Ils sont enfouis en quelque lieu secret, où ils ne seront découverts que longtemps après, à moins que, de manière plus dramatique, ils ne meurent avec le maître. Il en est des exemples dans l'histoire de la tradition alchimique et kabbalistique. Plus souvent, une poignée seulement d'élus, d'initiés, recevra le véritable enseignement du maître. Le grand public est abreuvé d'une version édulcorée, vulgarisée. Cette distinction entre les versions ésotériques et exotériques inspire Leo Strauss dans sa lecture de Platon. Existe-t-il aujourd'hui des parallèles possibles en biogénétique ou dans la physique des particules? Y aurait-il des hypothèses trop menaçantes (socialement, humainement) pour être testées, des découvertes vouées à demeurer inédites? Les secrets militaires pourraient bien être la couverture ridicule d'un dilemme plus complexe, plus clandestin.

Il peut y avoir perte, disparition par accident, auto-illusion — Fermat avait-il résolu son propre théorème? — ou action historique. Quelle part de la sagesse et de la science orales, en botanique et en thérapie par exemple, s'est irrémédiablement perdue? D'Alexandrie à Louvain, combien de manuscrits et de livres ont brûlé? Des écrits albigeois, ne survivent que des lambeaux suspects. On est hanté par la possibilité que certaines «vérités», des métaphores et aperçus séminaux, notamment dans les humanités, ont été perdus, irrévocablement détruits (Aristote sur la comédie). Nous sommes aujourd'hui incapables de reproduire, si ce n'est par la photographie, certains pigments de Van Eyck. On ne saurait, dit-on, jouer des triples points d'orgue que Paganini refusait d'enseigner. Par quels moyens ces pierres cyclopéennes ont-elles été transportées à Stonehenge ou sur l'île de Pâques?

De toute évidence, les arts et les actes d'enseignement sont, au sens propre de ce terme dont on abuse, dialectiques. Le maître apprend du disciple, il est changé par cette interrelation dans ce qui devient, idéalement, un échange. Comme dans les labyrinthes de l'amour, le don devient réciproque. «Je suis toi, quand je suis moi», disait Celan[1]*. Des

* Les notes sont regroupées en fin d'ouvrage, p. 189.

maîtres répudient leurs disciples, quand ils les jugent indignes ou déloyaux. Le disciple, à son tour, a le sentiment d'avoir dépassé son maître, de devoir le répudier afin de devenir lui-même (Wittgenstein lui enjoint de le faire). Ce dépassement du maître, avec ses éléments psychanalytiques de rébellion œdipienne, peut provoquer un chagrin traumatique. Comme dans les adieux de Dante à Virgile, dans le *Purgatoire*, ou dans *Le Maître ou Le Tournoi de go*, de Kawabata. Ou il peut être une source de satisfaction vengeresse dans la fiction — Wagner triomphe de Faust — ou dans la réalité, quand Heidegger prend le dessus sur Husserl et l'humilie.

Ce sont quelques-unes de ces multiples rencontres en philosophie, en littérature et en musique que j'entends maintenant examiner.

CHAPITRE I

Origines durables

L'instruction, en parole ou par action, par le mot ou la démonstration exemplaire, est, naturellement, aussi vieille que l'humanité. Il ne saurait y avoir de famille ni de système social, si isolé ou rudimentaire soit-il, sans enseignement ni pupillarité, sans maîtrise ni apprentissage accomplis. Mais l'héritage occidental a ses sources spécifiques. Il est frappant de voir à quel point les usages, les motifs qui continuent à mettre en œuvre l'éducation, nos conventions pédagogiques, notre image du maître et de ses disciples, aussi bien que les rivalités entre écoles ou doctrines rivales, ont conservé leurs linéaments depuis le VIe siècle. L'esprit de nos cours et de nos séminaires, les prétentions charismatiques des gourous rivaux et de leurs acolytes, maintes techniques rhétoriques de l'enseignement ne surprendraient pas les présocratiques. Cette continuité millénaire est peut-être notre principal héritage, l'axe de ce que nous appelons, toujours à titre provisoire, la culture occidentale.

L'ennui est que nous en savons trop et trop peu sur des personnages comme Empédocle, Héraclite, Pythagore ou Parménide. Leur vie, telle qu'elle nous a été rapportée, n'a jamais cessé de fasciner la sensibilité philosophique et poétique. Elle anime le discours cosmologique, métaphysique et logique tout au long de l'histoire intellectuelle occidentale, mais aussi l'art, la poésie et, dans le cas de Pythagore, des conceptions de la musique. Leur enseignement ne nous est pourtant parvenu, au mieux, qu'à l'état de fragments, en lambeaux, si l'on peut dire, ou *via* des citations, elles-mêmes peut-être inexactes, voire opportunistes, de voix critiques comme celles de Platon, d'Aristote, des doxographes byzantins et des Pères de l'Église. Une légende brumeuse, quoique souvent étrangement lumineuse, entoure les enseignements et méthodes philosophico-scientifiques de la Sicile et de l'Asie Mineure présocratiques. Il n'est jusqu'à la rubrique du « philosophico-scientifique » qui ne soit contestable. Les présocratiques ignorent cette distinction. Les éléments d'allégorie, de cultes ésotériques ou de magie, tels que nous les connaissons par les pratiques chamaniques, sont inextricablement liés à des propositions d'une teneur terriblement abstraite (Parménide sur le « néant », Héraclite sur la dialectique). L'image de Hegel est saisissante : c'est seulement avec Héraclite que l'histoire de la philosophie, qui est elle-même philosophie, accède à la terre sèche. Héraclite l'obscur, l'énigmatique aphoriste, comme disaient les Anciens, demeure cependant aussi fuyant que ses prédécesseurs crépusculaires.

Et aussitôt nous rencontrons l'un de nos grands thèmes : celui de l'oralité. Avant l'écriture, au cours de l'histoire de l'écriture et comme par défi, le mot dit est partie intégrante de l'acte d'enseigner. Le maître *parle* au disciple. De Platon à Wittgenstein, l'idéal de la vérité vécue est un idéal d'oralité, de l'adresse et de la réponse en face-à-face. Pour nombre de maîtres et de penseurs éminents, coucher leurs leçons dans l'immobilité muette de l'écrit est une falsification, une inévitable trahison.

Pour Heidegger, Anaximandre était une présence immédiate. Mais dès l'Antiquité classique, les tout premiers maîtres, souvent itinérants, comme Anaximandre, Anaxagore, Xénophane et Ion de Chios, tenaient un peu du mystère. Comment et à qui avaient-ils enseigné, qu'entendait-on exactement par les premières références à une « école » d'Anaxagore ? Légende et conjecture inclinaient à rattacher l'« orphisme », les doctrines et les rites que la mythographie imputaient à la figure d'Orphée, à l'aube de l'instruction philosophico-cosmologique. L'orphisme demeure un concept et une tradition presque impénétrables. Ce qui est significatif, ce sont les affinités intimes entre la pédagogie philosophique, d'un côté, les arts du rhapsode de l'autre. Ces arts sont oraux et, par définition, poétiques. La récitation des rhapsodes, ou des poètes et chantres plus ou moins nécromants, les traités des maîtres eux-mêmes présentés sous des formes poétiques (Empédocle, Parménide, mais aussi la mythologie platonicienne), l'établissement de communautés initiées d'adeptes et de disciples ont fait un brassage désormais insaisissable, mais séminal. On peut en jauger la force aux traces qu'elle a laissées dans la pratique moderne.

C'est dans ce que nous savons des doctrines et des récits hagiographiques qui entourent Empédocle et Pythagore que trouvent leur origine les thèmes majeurs du maître et des disciples. À la fin du Ve siècle, la renommée de Pythagore et la mise en pratique de ses préceptes étaient largement répandues. Considéré comme un homme universel — Héraclite dénoncera ce charlatanisme de polymathe —, il exerçait une influence dominante sur la cosmographie, les mathématiques, l'intelligence de la musique et, par-dessus tout, la conduite d'une vie quotidienne ascétique et purifiée. Le charme qui se dégageait de son enseignement à Crotone devait être fascinant. Dans son étude des présocratiques, un Jonathan Barnes sceptique parle de « nombreux sectaires », d'une « franc-maçonnerie » pythagoricienne « unie par des prescriptions et des tabous — d'une société religieuse, plutôt que d'une corporation scientifique, qui donnait dans la politique dans le sud de l'Italie ».

Sans doute est-ce cet « amateurisme » qui s'est révélé fatal. Il semblerait que Pythagore eût réuni autour de lui une bande de sorciers issue de l'aristocratie locale. Une légende tenace évoque des années de préparation, de silences initiatiques, d'observance diététique et hygiénique rigoureuse avant que les membres de ce groupe *(hetaireia)* ne fussent admis en présence du maître et autorisés à recevoir son enseignement personnel. Bien que les obligations éthiques et intellectuelles fussent sans doute capitales, la vision et les doctrines de Pythagore avaient des implications politiques. Elles ne visaient à rien moins qu'à la domination de la cité par la philosophie : l'idéal platonicien. La tradition suivant laquelle les citoyens se soulevèrent contre Pythagore, l'obligeant à fuir à Métaponte autour de 497-495 avant J.-C., n'est pas invraisemblable. C'est là, suivant des relations qui ne sont pas exemptes de mysticisme, que le maître se serait éteint au bout de quarante jours de jeûne (ou bien était-ce « quarante jours dans le désert » ?).

Pour autant, les disciples ne devaient pas disparaître. Il semble que des communautés pythagoriciennes aient persisté dans les cités sous l'influence de Crotone. Assaillis autour de 450, les pythagoriciens se réfugièrent par la suite en Grèce, où ils restèrent « liés en société par la coutume et le rite ». On peut suivre leurs traces jusqu'en 340 avant J.-C. Un modèle récurrent de conflit entre la vie de l'esprit et celle de la cité était né. Orphée avait été lui aussi taillé en pièces, et l'intuition hébraïque rappellera avec insistance que les prophètes et maîtres de sagesse se font massacrer par leurs concitoyens.

Ce conflit se manifeste dans ce que nous savons d'Empédocle. L'aura du surnaturel est plus prononcée ici encore qu'à l'égard de Pythagore. Empédocle entoure son auguste personne inspirée d'*hetairoi*, d'élèves et de compagnons, sans en exclure les femmes. Ses pratiques didactiques, avec leur précédent orphique et pythagoricien ou parménidien, indiquent une oralité fondamentale, même si, dans ce cas précis, nous est parvenu un texte poético-philosophique. La question de l'ambition politique est incontestable. La *doxa* magico-philosophique d'Empédocle, dont les préceptes ne sont offerts qu'à une élite choisie, implique la possibilité du pouvoir politique sur Syracuse ou Agrigente. Le motif pour lequel Empédocle refuse la couronne que veut lui attribuer le peuple est ancien. Tout comme la tradition voulant qu'il exerçât une forme de pouvoir despotique, allant jusqu'à exécuter ses ennemis. D'où, selon une tradition biographique, le soulèvement populaire et le bannissement du sage au Péloponnèse. L'autre version deviendra immensément célèbre. Ébranlé par la haine de la caste des prêtres et de la populace, faisant ses adieux à Pausanias, son disciple élu qui deviendra un éminent médecin, Empédocle gravit les pentes arides et désolées de l'Etna et se jette dans son cratère ardent. Une sandale, retrouvée sur le bord rougeoyant, atteste son suicide.

Son influence doctrinale, stylistique, n'en perdure pas moins. Une école de médecine se réclamant de lui fleurit à Syracuse au IVᵉ siècle avant notre ère. Au VIᵉ après J.-C., le néoplatonicien Simplicius lit Empédocle sous la forme d'un rouleau. Par-dessus tout, c'est le grand drame de la mort légendaire d'Empédocle, et ses implications philosophiques et sociales, qui continueront d'exercer leur fascination. (Il faudrait revenir sur les trois versions de *Der Tod des Empedokles*, de Hölderlin.) Novalis projette un drame sur Empédocle. Nietzsche aussi, quand il songe à une tragédie en prose. Il n'en survit qu'une scène, mais le matériau est riche en autoportraits. L'Empédocle de Nietzsche retournera la connaissance contre lui-même ; il veut la ruine de son peuple parce que son indolence et sa médiocrité sont incurables. Il « se durcit de plus en plus ». Ces thèmes, et le « paysage d'Empédocle », sont étroitement reflétés dans *Ainsi parlait Zarathoustra*. En vérité, l'*imago* de l'ascension et de la mort du maître en haut lieu devient archétypique. Il inspire Ibsen et offre un contraste saisissant avec l'urbanité d'un Socrate. Dans *Indipohdi*, Gerhart Hauptmann met en scène le suicide volcanique. D'autres poètes et dramaturges s'attardent sur les relations érotiques d'Empédocle avec un ou plusieurs de ses disciples extasiés.

L'*Empédocle sur l'Etna* de Matthew Arnold est un exercice interminable et pesant. Mais il contient un indicateur important. Les « querelles nous déchirent, depuis que ce nouvel essaim / de sophistes domine en nos écoles[1] ». L'« engeance des sophistes [a] étouffé / sous des mots la dernière étincelle de la conscience humaine[2] ». Mais qui étaient donc ces sophistes destructeurs ?

Le nom même a été péjoratif tout au long de l'histoire. Il connote le raisonnement mensonger, la faculté de prendre l'un ou l'autre parti avec un brio rhétorique égal, et également factice, une virtuosité logique sans substance ni référence morale. La sophistique désigne l'ostentation verbale, le jeu intéressé de l'éloquence étudiée. Il a fallu attendre les dernières décennies pour que soit reconsidérée cette accusation traditionnelle et proverbiale, pour que soient réévaluées les deux grandes écoles sophistiques — d'abord la grecque, puis la romaine — du monde antique. La révision proposée n'est rien moins que révolutionnaire. Les principaux sophistes et leurs disciples passent désormais pour les pères de la critique textuelle (voir l'explication par Protagoras d'un poème lyrique de Simonide). Leurs audacieuses spéculations sur le «néant», sur le statut paradoxal des propositions existentielles, notamment sur Gorgias, contiendraient en germe l'expérience heideggerienne du *Nichts* et les aspects consécutifs du jeu de mots déconstructeur à la Lacan et à la Derrida. Isocrate, Alcidamas, puis Hippias d'Élis semblent partager une même fascination du langage, de la «grammatologie», qui anticipe radicalement nos intérêts philosophiques et sémiotiques les plus récents. Pour d'aussi éminents savants que Jacqueline de Romilly, les sophistes sont des agents indispensables de ce que nous appelons la «démocratie athénienne».

Singulièrement pertinent, dans le contexte qui est le mien, est leur rôle dans le développement de l'enseignement, de l'université et du monde livresque tels que nous les connaissons. Les sophistes faisaient la lecture à leurs élèves dans ce que l'on peut justement définir comme des cours et des séminaires : ils leur lisaient les auteurs classiques, qu'ils exposaient ainsi que leurs propres écrits *(paradeigmata)*. Si la tradition suivant laquelle les œuvres de Protagoras auraient été brûlées pour cause d'athéisme (autour de 416-415 avant J.-C. ?) est digne de foi, elle témoigne de la dissémination des rouleaux écrits et de leur vente à des propriétaires privés. Quant aux éléments polémiques, on les trouve chez Socrate et Platon, qui critiquèrent le savoir livresque des sophistes, leur façon de s'en remettre à l'autorité inerte de l'écrit : ainsi dans le *Protagoras*, dans le *Phèdre*, dans les lettres II et VII de Platon. D'une certaine façon, les sophistes réussirent à dépasser «l'aversion viscérale des Grecs pour l'écrit», comme dit Rudolf Pfeiffer. Se mettent alors en place nos conventions en matière de pédagogie systématique, d'analyse herméneutique et grammaticale, de citation textuelle. Des techniques s'élaborent pour former l'élève *(paideuein)* à la pensée rigoureuse et à l'attention au détail. Celles-ci allaient constituer la base, technique et donc enseignable, de la rhétorique et de ses moyens. Car, malgré leur culture lettrée et leur « modernité », les sophistes voyaient dans les rhapsodes divinement inspirés et les chanteurs de vérité leurs prédécesseurs.

Chacun de ces éléments trouve un écho chez Socrate, dont l'attitude envers Protagoras et Gorgias est un hybride très compliqué d'ironie et de respect, de réfutation et de mimésis. Aux yeux de ses contemporains, Socrate lui-même était un sophiste éminent. Ses arguments ne sont pas toujours supérieurs à ceux de son semblable et adversaire (notamment dans le *Protagoras*). Le sentiment qu'il a de leur similitude se trahit et, par moments, le trouble. Aristophane, qui a bien perçu l'ambiguïté, s'en moque dans *Les Nuées*.

Sa satire touche à une préoccupation vitale, même si elle ne trouve pas de solution (étrangement, Leo Strauss la passe quasiment sous silence dans son *Socrate et Aristophane*). Se déplaçant de ville en ville, discourant dans des demeures privées ou sur la place publique, les sophistes se font *payer*. Prodicos, assure-t-on, demandait cinquante drachmes — une somme considérable — pour ses leçons sur le bon usage des mots et de la syntaxe.

Les implications philosophiques, morales et épistémologiques en sont infinies. Elles touchent à tous les aspects de notre thème. Comment est-il possible de *payer* la transmission de la sagesse, du savoir, de la doctrine éthique ou des intuitions logiques ? Comment calculer l'équivalent monétaire, le « taux de change », entre la sagacité humaine et l'octroi de la vérité, d'un côté, des honoraires de l'autre ? Si le maître est véritablement porteur et communicateur de vérités vivifiantes, un être inspiré par une vision et une vocation qui sortent de l'ordinaire, comment peut-il présenter une facture ? Cette situation même n'a-t-elle pas quelque chose de tout à la fois dégradant et risible (voir *Les Nuées*, II, 658 *sq.*, ou Rabelais sur la Sorbonne) ?

Assurément, des nuances, des discriminations s'imposent. Les compétences techniques, l'enseignement des métiers, voire des hautes sphères de la technologie lorsqu'elles confinent aux sciences, peuvent avoir leur justification financière. Les gestes du charpentier, les compétences nécessaires au calcul électronique ou quantique prennent un tour « professionnel » tangible ; de surcroît, elles nécessitent un temps et des disciplines de travail dont il est raisonnablement permis de penser qu'ils sont calculables et passibles d'une rémunération. Il se pourrait bien, même si c'est au prix d'une simplification, que la distinction à opérer soit entre l'enseignement des mathématiques appliquées et celui des mathématiques pures, entre la géométrie nécessaire à l'arpenteur ou à l'ingénieur hydraulicien et les addictions du théoricien des nombres — la frontière étant toujours contingente et susceptible d'être révisée. Le problème de la musique est un défi particulier. Est-il la moindre partition possible entre la formation de la voix, l'enseignement du contrepoint et celui de la composition ? Ou la musique, même à son niveau le plus haut, est-elle une *technê* dont la valeur pourrait être, en dernière analyse, mesurée et rémunérée en espèces ?

Mais qu'en est-il du matériau philosophique, éthique et cognitif de la poétique ? Le rhapsode, l'omniscient Ion de Platon, l'Orphée qui chante pour les Argonautes : tous peuvent être justement rétribués de leur *performance*. Et c'est bien pourquoi, dans les temps anciens, leur art est souvent associé à celui de l'athlète triomphant. Mais comment évaluer et dédommager Parménide sur « l'un », Socrate sur la vertu, Kant sur l'*a priori* synthétique ? Les métaphysiciens mal payés se mettent-ils en grève ? Font-ils de la rétention face à ceux qui n'ont pas les moyens de payer leur *magisterium* ? Des prix différents s'attachent-ils à l'ontologie de Heidegger ou aux libéralités et au relativisme enjoués d'un Rorty ? Une question absolument fondamentale, que masque l'institution académique. Parce que, précisément depuis les sophistes, une très large part de la philosophie « se fait » dans les universités, œuvre d'hommes ou de femmes pourvus de qualifications publiques, professionnelles, parce que tous ceux qui participent à cette entreprise attendent et reçoivent un salaire, nous avons tendance à négliger l'étrangeté problématique de leur commerce. Parce que tant de maîtres, d'Aristote à Bergson ou Derrida, ont été des « professeurs », les membres titrés d'une corporation de mandarins, avec sa mécanique de nomination, de promotion et de rétribution, la situation paraît « normale ». Il y a eu des dissidents imposants, des hommes et des femmes dispensés d'université par leurs ressources privées : Schopenhauer et Nietzsche, par exemple. Des penseurs de la stature de Sartre, qui ont trouvé la pédagogie académique inacceptable et ont gagné leur vie « à l'extérieur ». Wittgenstein occupa une chaire à l'université tout en jugeant cette situation radicalement fausse. De nos jours, le « poète résident », le professeur de *creative writing* peuvent être jugés, se jugent sans doute eux-mêmes en « situation fausse ». Et Freud lui-même a trahi sa gêne face au code de rémunération monétaire de l'offre de perception thérapeutique. Les abstentions de Spinoza n'ont rien perdu de leur rayonnement exemplaire.

Demander si les professeurs de philosophie, de littérature et de poétique — la « rhétorique » des sophistes — doivent attendre et accepter une rémunération, c'est s'aventurer en terrain troublant. En présence d'un lectorat universitaire, dont maints jeunes représentants sont dans une situation économique plus ou moins tendue, c'est prendre le risque de se voir accuser de sophisme provocateur (l'usage péjoratif est ici parfaitement juste). Mais le problème est réel.

L'enseignement authentique est une vocation. Un appel. La richesse, les « exactions » de sens attachés à des mots tels que « ministère », « cléricature » et « prêtrise » se retrouvent, aussi bien moralement qu'historiquement, dans l'enseignement séculier. *Rabbi*, en hébreu, veut dire tout simplement « maître ». Mais le mot rappelle une dignité immémoriale. À ses niveaux les plus élémentaires — qui, en fait, ne sont jamais « élémentaires » — dans l'enseignement des petits enfants, des sourds-muets, des handicapés mentaux, comme dans les pinacles du privilège, dans les hauts lieux des arts, de la science et de la pensée, l'enseignement authentique résulte d'un appel. «Pourquoi m'appelles-tu, qu'attends-tu de moi?» demande le prophète à la voix qui l'appelle — ou le rationaliste à sa conscience. La lecture qu'Ovide fait de Pythagore dans le livre XV des *Métamorphoses* garde valeur de talisman :

Il était proche des dieux par la pensée et ce que la Nature refusait
Aux regards des humains, il le perçut par les yeux de l'intelligence.
Après avoir tout compris à force de réflexion et de travail constant,
Il mit son savoir au service de tous et enseigna à ses disciples,
Silencieux[3]...

Le maître sait la grandeur ou, si vous préférez, le mystère de sa profession, de ce qu'il a professé en un genre de serment d'Hippocrate tacite. Il a prononcé ses vœux. Il est des affinités qu'il faut toujours interroger, le cas échéant en ironisant, avec l'oraculaire : ... *sequar ora moventem / Rite deum Delphoque meos ipsumque recludam.* «Je suivrai religieusement / ce dieu [...], dévoilerai le Delphes qui est en moi[4].»

[...] j'aime m'élever jusqu'aux astres,
J'aime l'idée, après avoir quitté la terre et la sédentarité,
D'être porté sur un nuage pour me poser sur les robustes épaules d'Atlas,
De voir d'en haut les humains errer de tous côtés, privés de raison,
Tremblants de peur à l'approche de la mort,
Et de les exhorter ainsi en leur expliquant l'enchaînement des destins[5].

Les dangers correspondent à l'exultation. Enseigner sérieusement, c'est poser les mains sur ce qu'il y a de plus vital dans un être humain. C'est essayer d'accéder au plus vif et au plus intime de l'intégrité d'un enfant ou d'un adulte. Un maître envahit, entre par effraction, voire dévaste afin de faire le ménage et de reconstruire. L'enseignement médiocre, la routine pédagogique, un style d'instruction qui, délibérément ou non, vise avec cynisme des objectifs simplement utilitaires sont ruineux. Ils extirpent l'espoir à la racine. Le mauvais enseignement est, presque littéralement, meurtrier; métaphoriquement, c'est un péché contre l'Esprit-Saint. Il abaisse l'élève, réduit à l'état d'inane grisaille le sujet présenté. Dans la sensibilité enfantine ou adulte, il inocule le plus corrosif des acides, la morosité, ce gaz des marais qui a pour nom « ennui ». Pour des multitudes, les mathématiques, la poésie et la pensée logique ont été tuées par un enseignement mort, par la médiocrité peut-être inconsciemment vengeresse de pédagogues frustrés. Les vignettes de Molière sont implacables.

L'« anti-enseignement » est, statistiquement, proche de la norme. Les bons enseignants, qui enflamment l'âme naissante de leurs élèves, pourraient bien être plus rares encore que les virtuoses ou les sages. D'une alarmante rareté sont les maîtres d'école, formateurs de l'esprit et du corps, qui sont conscients de l'enjeu, de l'interaction de la confiance et de la vulnérabilité, de la fusion organique entre responsabilité et réponse (ce que j'appellerai l'*answerability*). « Il n'est point de plus grand prodige », nous rappelle Ovide. En vérité, nous le savons, la majorité de ceux à qui nous confions nos enfants dans l'enseignement secondaire, auprès de qui nous cherchons un guide et un exemple au sein de l'université, sont de plus ou moins aimables fossoyeurs. Ils travaillent à abaisser leurs étudiants à leur propre niveau de fatigue indifférente. Loin d'« ouvrir Delphes », ils le ferment.

L'idée opposée du vrai maître n'a rien d'une utopie ou d'une fantaisie romantique concrètement hors de portée. Heureux sont ceux d'entre nous à qui il aura été donné de rencontrer de vrais maîtres : Socrate ou Emerson, Nadia Boulanger ou Max Perutz. Souvent, ils demeurent anonymes : maîtres ou maîtresses d'école isolés qui éveillent le don d'un enfant, d'un adolescent, qui suscitent une obsession. En prêtant un livre, en restant après la classe, prêts à être interrogés. Dans le judaïsme, la liturgie inclut une bénédiction spéciale pour les familles dont un rejeton, au moins, est devenu un savant.

Comment une vocation peut-elle figurer au registre des salaires ? Comment donner un prix à la révélation *(dictaque mirantum magni primordia mundi*[6]*)* ? La question m'a hanté et n'a cessé de me mettre mal à l'aise tout au long de ma vie d'enseignant. Pourquoi ai-je été rémunéré, ai-je reçu de l'argent pour ce qui est mon oxygène, ma raison d'être ? Lire avec d'autres, étudier *Phèdre* ou *La Tempête*, introduire, d'une voix hésitante, *Les Frères Karamazov* autour d'une table, essayer d'éclairer la page de Proust sur la mort de Bergotte ou un poème de Paul Celan, ce furent pour moi autant de privilèges, de gratifications, de touches par la grâce et d'espoir à nul autre pareils. Ce que je connais aujourd'hui de la retraite m'a laissé orphelin. Mon séminaire de doctorat, à Genève, a duré, plus ou moins ininterrompu, près d'un quart de siècle. Ces jeudis matin étaient aussi près qu'un esprit profane, ordinaire, peut approcher de la Pentecôte. À quelle inadvertance, à quelle vulgarisation dois-je d'avoir été payé pour devenir ce que je suis ? Quand — et je l'ai ressenti avec un malaise de plus en plus aigu — il eût sans doute été beaucoup plus approprié, pour moi, de payer qui m'invitait à enseigner.

Le bon sens irrité, railleur, proteste : il faut bien que les enseignants *vivent* ! Même les grands maîtres, dont vous faites probablement tout un roman, doivent *manger* ! Ils sont déjà si nombreux à souffrir un triste sort. Défi imparable, auquel un diablotin pervers répondra d'un murmure, dans un idiome qui n'est pas tout à fait de ce monde : « Vivre et manger sont en effet des nécessités absolues, mais elles sont aussi pâles et secondaires à la lumière de l'exploration et de la communication des choses grandes et définitives. » N'y aurait-il pas de solution de rechange à la professionnalisation, à la mercantilisation de la vocation du maître, à cette équivalence introduite par les sophistes entre la quête de la vérité et le salaire ?

Une société consacrée à l'essentiel pourrait pourvoir aux nécessités matérielles de ses maîtres. C'est un arrangement de la sorte que Socrate, avec une ironie souveraine, proposa à ses accusateurs. Elle ne rémunérerait sur une base commerciale que les médiocres, précisément, ceux qui d'une vocation ont fait un métier, un *business*. Le défraiement des maîtres serait réduit au minimum, leur engagement serait analogue à celui d'un frère mendiant. Telle est, nous le verrons, la sphère des maîtres hassidiques. Avec plus de réalisme, le maître, le penseur ou le questionneur gagnera son pain quotidien dans quelque activité sans rapport avec sa vocation. Boehme fit des souliers, Spinoza polit des lentilles ; à compter des années 1880, Peirce — le philosophe le plus important qu'ait donné jusqu'ici le Nouveau Monde — produisit ses œuvres monstrueuses et d'une redoutable originalité dans l'isolement et la misère la plus noire ; Kafka et Wallace Stevens travaillèrent dans une compagnie d'assurance, Sartre fut un dramaturge, un romancier et un pamphlétaire de génie. La titularisation est un piège et un tranquillisant. Un système universitaire rigoureux exigerait que les congés sabbatiques fussent occupés à gagner son pain dans une activité sans lien aucun avec sa spécialité. Même s'ils ne s'appliquent qu'à une minorité et postulent une communauté dont les valeurs sont presque l'antithèse de celles qui prévalent aujourd'hui — l'arrogance et la puanteur de l'argent sont envahissantes —, de pareils scénarios ne sont pas impossibles.

Les questions soulevées coïncident avec l'entrée des sophistes dans la cité. Elles naissent de la transition, bien plus progressive que nous ne l'imaginons parfois, de l'oralité au livre. La personne et les pratiques d'un Socrate illustrent ce passage. De même que les dilemmes posés par la transition de la bienheureuse anarchie de l'enseignement individuel, *extra muros*, aux rites de l'académie. Là encore, les sophistes jouent un rôle crucial. Nos séminaires viennent après Protagoras, nos cours après Gorgias.

*

Commentaires, interprétations, érudition sont tellement compendieux que le mieux qualifié des lecteurs socratiques et platoniciens lui-même ne saurait en avoir une vision complète. Il n'en finit pas de paraître des livres, des monographies et des articles savants sur Platon. Dans toute cette industrie, pourtant, on recherche en vain une étude complète des relations de Socrate avec ceux qu'il inspire, ravit, intrigue, exaspère. Les attitudes envers Socrate couvrent tout l'éventail des nuances, de l'adoration à l'abomination meurtrière. C'est l'acuité psychologique, la subtilité en mouvement de ces ombrages et de ces « lignes de mire » qui défient la classification. Il est plus vraisemblable, je crois, de parvenir à une perception ordonnée des *personae* de Shakespeare que de circonscrire la prodigalité, les intimités et les éloignements faits d'abandon et de rébellion dans les dialogues de Platon. En de nombreux points, Platon est un dramaturge rival de Shakespeare ; mais les énergies morales et intellectuelles n'appartiennent qu'à lui (et peut-être à Dante). De fait, jusque dans le *Phédon* et l'*Apologie*, la question est sans détours (« Les interlocuteurs et les auditeurs de Socrate sont-ils des disciples en un sens évident du mot ? ») et reste matière à perplexité (les sources antiques laissent penser que les disciples n'apparaissent que tardivement dans l'enseignement de Socrate).

L'insoluble défi du statut des « valeurs de vérité » du portrait que brosse Platon est implicite. Maintes fois, les dialogues se présentent comme des récits rétrospectifs (impossiblement) mémorisés, de seconde, voire de troisième main. « A » transmet à « C » ce qu'il a entendu de « B », en plaidant à l'occasion un souvenir imparfait, une transmission invérifiable. Par-dessus tout, jamais nous ne saurons dans quelle mesure le « Socrate » de Platon est précisément cela : une *figura*, une construction poético-philosophique qui, par la densité de sa présence, la force vitale qui s'en dégage, est comparable, sinon supérieure, à celle que nous trouvons en Falstaff, Hamlet ou Anna Karénine.

Platon avait d'abord été poète et dramaturge. Les dialogues sont truffés d'indications scéniques (le banquet, la prison, les déambulations le long de l'Hilisos, l'*agora* ou le coin de la rue). Les personnages font des entrées et des sorties aussi significatives que dans toute pièce de théâtre (voyez l'irruption d'Alcibiade chez Agathon). Suivant des intrigues aussi complexes que chez Henry James, Platon, dans le *Parménide*, le *Protagoras* ou le *Théétète*, change les angles d'incidence. Il paraît appeler la question : en quel sens est-il l'auteur du dialogue? Ainsi persistent des possibilités de défiance, que nous qualifions de «déconstructrice» ou de «postmoderniste», des stratégies de méfiance, qui peuvent elles-mêmes symboliser divers aspects de l'ironie et de la subversion socratique. À d'autres moments, cependant, dans le *Criton*, le *Phédon* et l'*Apologie*, le sentiment tragique nous terrasse par son immédiateté, son côté prodigieusement direct. On a là un des deux grands «mystères» de la Passion de l'histoire occidentale. Pour reprendre un mot de Wallace Stevens, le Socrate de Platon, si différent de celui de Xénophon ou d'Aristophane, pourrait être une «fiction suprême».

Le Socrate historique, l'homme qui a été mis à mort en 399 avant J.-C. en un temps d'âpres luttes intestines dans une Athènes défaite, a-t-il réellement prononcé les mots poignants, philosophiquement décisifs, que lui attribue Platon? *Les Nuées* d'Aristophane attestent ce qu'il y avait de comique, de douteux, dans la réputation de Socrate en maître et intellectuel sophiste. À moins qu'il ne fût le maître, en fait, le robuste moraliste, le pédagogue un brin assommant, l'esprit enclavé portraituré par Xénophon? Les dialogues dits «socratiques» d'Antisthène, Aristippe, Eschine, Phédon et Euclide sont perdus. Le témoignage d'Aristote est *post facto* (Platon ne connut Socrate qu'en 408). «Si les dialogues platoniciens sont inventés dans presque tous leurs détails, considère Leo Strauss, l'ensemble est littéralement vrai.» Le paradoxe est élégant, mais ne nous mène pas très loin. De surcroît, la multiplicité et la diversité des écoles socratiques ultérieures, les cyniques, les hédonistes, l'école de Mégare, l'académie platonicienne, montrent combien les doctrines de Socrate étaient perçues comme problématiques, voire contradictoires. Enfin, le débat persiste sur la question de savoir dans quelle mesure les dialogues réfléchissent les changements profonds qui ont pu intervenir dans les opinions *(doxa)* métaphysiques de Platon, dans sa politique et dans sa rhétorique dramatique. Dans *Les Lois*, le dernier des dialogues, sans doute le plus engagé, Socrate est absent. Cette absence pourrait refléter, en une contrepartie presque inavouée, l'absence de Platon à l'heure de la mort de Socrate.

Aucun tableau des sentiments d'un disciple envers son maître ne dépasse celui d'Alcibiade. Dans *Le Banquet*, la virtuosité stylistique et la maîtrise scénique de Platon sont inégalées. Mais tendre une oreille confiante à ce qu'Alcibiade prétend nous dire est une tâche hérissée de difficultés et de pièges. Alcibiade nous est présenté « ivre de vin » (« chahutant dans les rues », comme dit justement Milton), mais son état est tel qu'il lui permet de faire un usage tactique de son ébriété. De surcroît, Platon suggère que, la nuit du banquet d'Agathon, Alcibiade trahit déjà cette surexcitation turbulente qui conduira, peu après, à une catastrophe personnelle et civique.

De manière presque compulsive, Alcibiade insiste sur l'étrangeté du maître : « Or, de ce qu'est le gaillard que voici, avec ce qu'il y a de déconcertant, et dans sa personne, et dans ses propos, on ne trouverait, en cherchant bien, rien qui même en approche[7]. » Le portrait d'Alcibiade (de Platon) évoque un homme d'une formidable énergie physique, indifférent au danger quand il se bat. Socrate peut engloutir quantité de vin en demeurant sobre. Ce portrait contre-intuitif nie la tradition qui associe l'éminence intellectuelle et l'abstraction méditative à un physique fragile. Il préfigure l'excellence martiale d'un Alain ou d'un Wittgenstein. Cet ascétisme de Socrate, son immunité aux besoins et désirs matériels — Diogène, observe Platon, n'était qu'un « Socrate devenu fou » — trouveront à leur tour un reflet en Spinoza.

Il est une étrangeté permanente dans le recours de Socrate

à son *daimonion*, à l'esprit tutélaire et familier qui veille sur lui à des moments cruciaux. C'est cet oracle privé qui nourrit son attachement à la vie de l'esprit, qui l'empêche d'entrer en politique. Ailleurs, cette incarnation de la rationalité sceptique invoque Apollon et les Muses. Alors que sa fin approche, le moqueur des rhapsodes se tourne vers la poésie, vers la musique. Socrate aurait parfaitement compris la remarque de Wittgenstein à propos des *Investigations philosophiques* : « Si je pouvais, je dédierais ce livre à Dieu. » Mais comment juger de la part d'ironie, d'autopersiflage dans le « daimonisme » de Socrate ou, plus précisément, dans le récit de Platon ? Les accusateurs du maître avaient-ils raison de deviner dans le sage une attitude ambiguë, voire négative ou anarchique, envers la foi traditionnelle et établie. Certains Pères de l'Église devaient discerner chez Socrate une créature du diable ; d'autres saluèrent en lui un saint. L'étrangeté persiste.

Alcibiade se fait véhément pour évoquer la laideur de Socrate. L'homme est un satyre affligé d'un gros nez camus, un Silène. Son maintien et son corps défient les critères attiques de l'élégance masculine, et cet éclat physique que la tradition attribue à Platon. Les forces de séduction du maître n'en sont pas moins sans rivales ; nul ne peut résister au charme charismatique de Socrate, à sa présence ensorcelante. C'est de l'image de Socrate, que d'innombrables bustes hellénistiques et romains ont rendue immémoriale, que Kierkegaard tirera la typologie du séducteur. Cette séduction va au-delà des mots et des pièges dialectiques de Socrate. Un composite indéfinissable, spirituel et charnel. Le disciple se consume de désir pour le maître. Dans le récit que fait Alcibiade de ses efforts pour coucher avec le maître, l'humour extravagant et empreint d'autodérision mais aussi la douleur sont tels qu'ils défient la paraphrase. Avec un soupçon de prémonition redoutable, Socrate est déjà jugé « pour arrogance ». Le bel Alcibiade a passé la nuit étendu auprès de « cet être humain, divin véritablement et miraculeux », qu'il désire et aime jusqu'à se laisser détourner du reste. Il doit le quitter au matin, frustré par l'ironique maîtrise de soi dont fait montre Socrate, comme « si j'avais passé la nuit près de mon père ou d'un frère plus âgé[8] ».

Socrate, pour employer un terme fâcheux, est un « érotiste ». La nature, la qualité de l'amour, de la lubricité à la transcendance *(agapê)*, peuplent ses recherches. Le refoulement et le déploiement d'éros au sein du politique, au sein de l'âme individuelle, la concorde et les conflits entre l'amour et la quête philosophique des vérités ultimes — les deux doivent être, en définitive, unifiés — est un leitmotiv du Socrate platonicien. *Via* le néoplatonisme et le christianisme hellénisé, l'éros socratico-platonicien imprégnera la pensée et la sensibilité occidentales. En vérité, l'amour socratique est homoérotique. C'est la passion d'un homme âgé pour un adolescent (le *Charmide*, entre autres textes, ne permet pas de douter des réalités physiques). Le mariage de Socrate avec Xanthippe est un naufrage proverbial. Peut-être les professeurs de philosophie doivent-ils, de temps à autre, se débarrasser de leurs femmes — témoin le drame d'Althusser. C'est auprès des garçons et de leur rayonnante nudité que Socrate trouve son accomplissement. Les vues mêmes de Platon sur le chapitre de l'homosexualité sont difficiles à circonscrire, et toute la question demeure sujette à controverses dans les études classiques et l'anthropologie sociale. Son rôle, sa signification pour notre thème sont éminents.

Masqué ou déclaré, fantasmé ou en acte, l'homoérotisme est intimement mêlé à l'enseignement, à la phénoménologie de la relation de maître à disciple : un fait élémentaire, banalisé par une fixation sur le harcèlement sexuel et les stéréotypes du « politiquement correct ». Il n'en demeure pas moins central. Comment pourrait-il en être autrement ?

La persuasion est le moteur de l'enseignement. Le maître sollicite l'attention, l'accord et, dans le meilleur des cas, une dissension dans la collaboration. Il invite à la confiance, à « échanger l'amour [...] contre l'amour, la confiance [...] contre la confiance[9] », comme dit un Marx idéaliste dans les manuscrits de 1844. La persuasion est tout à la fois positive (« Partage cette compétence avec moi, suis-moi dans cet art et cette pratique, lis ce texte ») et négative (« N'y crois pas, ne gaspille pas tes efforts et ton temps à cela»). Les dynamiques sont les mêmes : construire une communauté par la communication, une cohérence de sentiments, de passions et de refus partagés. Dans la persuasion, dans la sollicitation, fût-ce sous la forme théorique la plus abstraite, la démonstration d'un théorème mathématique, l'enseignement du contrepoint en musique, entre inévitablement un travail de séduction, volontaire ou accidentel. Le maître, le pédagogue s'adresse à l'intelligence, à l'imagination, au système nerveux, au for intérieur de son auditeur. Quand il enseigne des techniques physiques, le sport, l'interprétation musicale, il s'adresse au corps. Adresse et réception, psychologique et physique sont strictement inséparables (voyez une classe de ballet au travail). L'esprit et le corps sont mis à contribution dans leur totalité. Un maître charismatique, un «prof» inspiré prend en main, dans une étreinte psychosomatique radicalement «totalitaire», l'esprit vivant de ses étudiants ou disciples. Les dangers et les privilèges ne connaissent pas de bornes.

Toute «effraction» en l'autre, *via* la persuasion ou la menace (la peur est un grand maître), confine à l'érotique, le libère. La confiance, l'offre et l'acceptation ont des racines qui sont également sexuelles. Enseignement et apprentissage se nourrissent de la sexualité autrement inexprimable de l'âme humaine. Cette sexualité érotise la compréhension et l'*imitatio*. Ajoutez à cela un point crucial, à savoir que dans les arts et les humanités le matériau enseigné, la musique analysée et jouée sont eux-mêmes chargés d'émotions. Dans une très large mesure, ces émotions auront des affinités, immédiates ou indirectes, avec le domaine de l'amour. J'ai dans l'idée que les sollicitations, dans les sciences, dépensent un éros propre, quoique par des voies plus difficiles à paraphraser.

Un «cours de maîtrise», une leçon particulière, un séminaire, voire une conférence peuvent susciter une atmosphère saturée des tensions du cœur. Les intimités, les jalousies et les désenchantements se fondront en mouvements d'amour ou de haine, voire en assortiments compliqués de l'un et de l'autre. Dans cette mise en scène, il y va du désir et de la trahison, de la manipulation et du détachement, comme dans le répertoire de l'éros. «Tu es le seul amant que j'aie jamais eu qui ait été réellement digne de moi», se targue Alcibiade, ne serait-ce que pour une simple raison ; comme tout maître authentique, Socrate est «le seul homme au monde qui puisse me faire éprouver un sentiment de honte[10]».

Au fil des millénaires, en d'innombrables sociétés, la situation d'enseignant, la transmission du savoir, des techniques et des valeurs *(paideia)* ont lié dans l'intimité des hommes et des femmes mûrs, d'un côté, des adolescents et de jeunes adultes de l'autre. C'est dans cet enchevêtrement que la laideur physique peut séduire la beauté. Prenez Michel-Ange et Cavalieri. Dans l'Académie de Platon ou le gymnase athénien, dans la *long house* des Papous, dans les collèges privés anglais, dans les séminaires religieux de toutes nuances, l'homoérotisme a non seulement fleuri, mais on lui a prêté des vertus éducatives. La domination érotique à la portée du *magister*, les tentations sexuelles affichées, consciemment ou non, par l'élève polarisent la relation pédagogique. L'exercice de l'amour, ou de cette haine qui est la ténèbre de l'amour, est inhérent, me semble-t-il, à tout enseignement efficace ou à la condition d'élève épanoui. À Athènes, on se livrait ouvertement à cet exercice qui avait des soubassements philosophiques. Y compris chez Socrate, incarnation suprême de l'érotique et de l'abstention. Encore une fois, cette dualité fait partie de son «étrangeté».

On ne peut plus étranges sont les méthodes pédagogiques de Socrate, rapportées par Platon. Depuis Aristophane, elles ont suscité émerveillement ou dérision, mais aussi spéculations philosophiques et politiques. La technique *élenctique* des questions-réponses ne transmet pas le savoir au sens ordinaire et didactique du terme. Elle vise à semer l'incertitude chez le partenaire, à initier un processus de questionnement qui s'approfondit en autoquestionnement. L'enseignement de Socrate est un refus d'enseigner, qui a bien pu être un lointain modèle pour Wittgenstein. On pourrait dire que quiconque saisit l'intention de Socrate devient autodidacte, surtout en éthique. Car Socrate lui-même fait profession d'ignorance ; la sagesse que lui attribue l'oracle de Delphes consiste simplement à percevoir clairement ce qu'il ignore.

Mais à quel niveau de sérieux, ou d'intentionnalité, comme dirait Husserl, convient-il de prendre cet aveu célèbre ? Les spécialistes ont débattu interminablement de ce paradoxe. En un ou deux points, de surcroît, dans le *Ménon* 98b et dans l'*Apologie* 29, Socrate revendique la certitude. Y a-t-il un sophisme foncier dans une profession d'ignorance qui engendre l'enseignement, la transmission de la sagesse pratique (la *praktische Vernunft* de Kant) ? Une négation de la connaissance peut s'interpréter comme sagacité. Cependant, la position socratique n'est pas le relativisme absolu, sans parler du scepticisme. Il prône inlassablement la distinction du bien et du mal. À la différence de certains acrobates sophistes, Socrate refuse de mettre en avant ce qu'il sait parfaitement, *eu oida*, être mauvais. Tout l'idéal de l'équilibre de l'âme, *eudaimonia*, se fonde sur une irrésistible intuition de la rectitude morale, de la justice envers les autres et soi-même. Mais cela peut-il s'enseigner de manière systématique et institutionnelle ? « Enseigner à Harvard ? Impossible », opinait Ezra Pound.

À mon sens, la défense platonicienne des experts ès vertus n'a rien de socratique. Pour Socrate, il n'est d'enseignement vrai que par l'exemple. Il est, littéralement, exemplaire. Le sens de la vie juste est dans le fait de la vivre. De manières très difficiles à définir, un échange dialectique avec Socrate, l'expérience qu'on a de lui (formulation opaque), met en œuvre la vie examinée, donc juste. Le *Tractatus* de Wittgenstein peut aider quand il souligne que « vouloir dire », c'est « montrer », rendre « ostensible ». Une suscitation morale, chez Socrate, est un acte qui consiste à indiquer, « montrer du doigt ».

Bon nombre des embuscades que Socrate tend à ses auditeurs sont, en fait, superficielles, réfutables. On se rebiffe devant la transcription platonicienne des monosyllabes approbateurs. Mais ce n'est pas le propos. Nous apprenons en regardant un athlète s'exécuter ou un musicien jouer. Dans une fiction idéale, un Socrate muet est chose qui se conçoit ; ou un Socrate qui danse ce qu'il veut dire, comme Zarathoustra. Là encore, le finale du *Tractatus* est pertinent.

Dans l'*Euthydème* et, on ne peut plus expressément, dans le *Ménon*, le Socrate de Platon est tout près d'effacer la fonction, la réalité de l'enseignement telle que nous la définissons ordinairement. Il est impossible à un homme de chercher « ni, d'une part, ce qu'il sait ; il ne le chercherait en effet car il le sait, et, en pareil cas, il n'a pas du tout besoin de chercher ; ni, d'autre part, ce qu'il ne sait pas, car il ne sait pas davantage ce qu'il devra chercher[11] ». Il s'ensuit que le savoir est ressouvenance. Étant immortelle, l'âme a tout appris *(chrêmata)* dans un état d'existence antérieur. Toutes les choses étant liées, elle peut retrouver les éléments du savoir *via* la contiguïté et l'association (par moments, Socrate est bien proche de Freud !). Qui dit découverte dit recouvrement, « récupération par soi-même d'un savoir latent en soi ». Y a-t-il dans ce modèle des vestiges ironisés des doctrines orphiques et pythagoriciennes ?

Le maître socratique est, fameusement, un accoucheur de l'esprit gravide, un réveil qui nous arrache à l'amnésie, à ce que Heidegger appellerait un « oubli de l'être ». Le maître induit des visions qui sont, en effet, des ré-visions et du déjà-vu. Mais, en ce cas, comment l'erreur est-elle possible ? Et il a été démontré que la preuve géométrique que Socrate suscite de l'esclave par son art d'accoucher dans le *Ménon* n'en est pas une. Ce qui domine, c'est le motif d'une somnolence créatrice. Le maître zen frappe ses disciples pour les tenir éveillés. Le grand enseignement est insomnie, ou aurait dû l'être à Gethsémani. Les somnambules sont les ennemis naturels du maître. Dans le *Ménon*, Anytos, attentif à la tactique subversive, déstabilisante de la pédagogie socratique, en appelle à la circonspection. Mais aucun maître engagé ne saurait être circonspect. Où il y a malaise aigu — le questionnement socratique peut engourdir comme une torpille dit le *Ménon* 84 —, l'amour est aussi présent. Hölderlin le rend parfaitement dans son « Sokrates und Alcibiades[12] » :

« Warum huldigest du, heiliger Sokrates,
Diesem Jünglinge stets. Kennst du Größers nicht?
Warum sieht mit Liebe,
Wie auf Götter, dein Aug auf ihn?»

Wer das Tiefste gedacht, liebt das Lebendigste,
Hohe Jugend versteht, wer in die Welt geblickt,
Und es neigen die Weisen
Oft am Ende zu Schönen sich.

«Pourquoi, saint Socrate, courtises-tu
sans cesse cette jeunesse? Ne sais-tu rien de plus grand?
Pourquoi, avec amour,
ton œil se pose-t-il sur lui comme sur un dieu?»

Qui a pensé au plus profond, aime ce qui est le plus vivant,
qui a vu le monde comprend la jeunesse élue,
et souvent, à la fin, le sage,
incline vers la beauté.

Dans le *Phèdre* et la septième *Lettre*, Platon, écrivain de génie, prône l'oralité. Seuls le mot dit et le face-à-face peuvent susciter la vérité et, *a fortiori*, garantir un enseignement honnête. C'est un paradoxe troublant mais, chez l'auteur des Dialogues, la méfiance est profonde à l'égard de l'invention de l'écriture et de la *doxa* écrite.

Écrire induit une négligence, une atrophie des arts de la mémoire. Or, c'est la mémoire qui est «la Mère des Muses», le don humain qui rend possible tout apprentissage. Cette proposition est à la fois psychologique et, comme on l'a vu dans la thèse du *Ménon* sur la préexistence et l'immortalité de l'âme, métaphysique. Dans la construction platonicienne des Idées et des Formes idéales, compréhension et futurité sont «commémoration», un acte de mémoire dont les énergies génératrices sont orales. Dans une veine plus générale, ce que nous savons *par cœur* mûrira et se déploiera en nous. Le texte mémorisé interagit avec notre existence temporelle, modifiant nos expériences autant que celles-ci le modifient.

Plus les muscles de la mémoire sont puissants, mieux l'intégrité du moi est protégée. Ni le censeur ni la police ne peuvent extirper le poème mémorisé (témoin la survie, de bouche à oreille, des poèmes de Mandelstam, quand aucune version écrite n'était possible). Dans les camps de la mort certains rabbis et talmudistes étaient connus comme des « livres vivants », dont d'autres détenus, en quête de jugement ou de consolation, pouvaient « tourner » les pages de la récapitulation. La grande littérature épique, les mythes fondateurs commencent à se décomposer avec l'« avancée » dans l'écriture. Sur tous ces points, la détergence de la mémoire dans l'enseignement actuel est une sombre sottise. La conscience se déleste de son ballast vital.

En second lieu, l'écrit arrête, immobilise le discours. Il fige le libre jeu de la pensée. Il enchâsse une autorité normative, mais factice. La loi mosaïque procède d'un second jeu de Tables qui n'ont pas été touchées par la main vivante de Dieu. Antigone en appelle à la justice *(themis)* non écrite, « inscrite », non pas écrite dans l'âme humaine, contre la légalité prescriptive *(nomoi)* du despotisme de Créon. L'écrit n'écoute pas son lecteur. Il ne tient aucun compte de ses questions ou de ses objections. Un locuteur peut se corriger à tout moment ; il peut amender son message. Le livre se prévaut de son droit de mainmorte pour retenir notre attention. L'*auctoritas* procède de la qualité d'auteur, de l'« autorité ».

De manière fascinante, les médias interactifs, susceptibles d'être corrigés et interrompus, les traitements de texte, les textualités électroniques de l'Internet et du Web pourraient bien marquer un retour, un *ricorso* comme disait Vico, à l'oralité. Les textes qui passent à l'écran sont, en un sens, provisoires, inachevés. Ces conditions peuvent restaurer les éléments d'un authentique enseignement tel que le pratiquait Socrate et que Platon le mit en scène. Dans le même temps, cependant, les « lettres » *(literacy)* électroniques, avec leurs capacités illimitées de stockage de l'information et de consultation, avec leurs banques de données, militent contre la mémoire. Et l'écran lui-même ne possède jamais cette vie que Platon ou Levinas jugent indispensable dans toute rencontre féconde entre maître et disciple.

L'oralité peut inférer une distinction entre enseignement et révélation, bien que ces catégories se chevauchent. Lors même qu'elle est verbalement dévoilée, la révélation cite souvent une source sacrée, canonique, qui est elle-même textuelle. Elle invoque une Torah, un Évangile, un Coran ou un Livre des mormons. La dictée en lettres de feu sous-tend la révélation sinaïtique, l'Apocalypse de saint Jean de Patmos ou les saintes écritures rouges du maoïsme. Seul le présupposé d'un acte et d'un témoignage écrits peut donner sa force au message révélé. En ce sens, il n'est pas d'épiphanie plus « révélée » que celle du credo marxiste, si talmudique dans ses linéaments. L'enseignement oral, par ailleurs, foisonne d'erreurs créatrices, avec les ressources de l'amendement et de la réfutation. Les vérités révélées, avec leur source livresque (une « Bible », « Le Livre » de Mallarmé, qui contient l'univers), figent la pensée dans le marbre. Dictée, l'instruction n'est pas tant « didactique » que « dictatoriale » (ces mots qui, avec « édit », forment une alarmante constellation).

« Un bon enseignant, mais il n'a pas publié » : telle est la chute d'une macabre plaisanterie qui a cours à Harvard. Jésus de Nazareth ne saurait donc prétendre à un poste. En toile de fond, on devine un fait capital. Ni Socrate ni Jésus n'ont consigné leurs enseignements par écrit. Par deux fois seulement, Platon nous montre le maître consultant un rouleau ; dans aucun des cas, il n'en est l'auteur. La seule exception énigmatique se trouve en Jean 8. Interrogé par les pharisiens à propos d'une femme qui a commis l'adultère, « Jésus, se baissant, se mit à tracer du doigt des traits sur le sol », comme s'il ne les entendait pas. Après avoir lancé son défi rayonnant, « qu'il jette la première pierre », il s'incline à nouveau et se remet à tracer des traits. Nous ne savons rien de ce qu'il écrivit dans la poussière ni dans quelle langue il le fit. Dès le début ou presque, cette mystérieuse péricope a été suspecte. Des spécialistes y reconnaissent aujourd'hui une interpolation tardive qu'il convient d'exciser. Nous n'avons aucune preuve que Jésus savait écrire.

Dire que Socrate et Jésus se trouvent au pivot de notre civilisation ne tient pas de l'hyperbole. Les récits de la passion que leurs morts ont inspirés engendrent les alphabets intérieurs, les reconnaissances codées d'une bonne partie de notre langage, moral, philosophique et théologique. Ils demeurent transcendantaux jusque dans des espaces largement immanents et ont instillé dans la conscience occidentale une tristesse irrémédiable en même temps qu'un espoir fébrile. Il est pratiquement impossible de saisir les mouvements de l'intelligence occidentale de Herder à Hegel, de Kierkegaard à Nietzsche et Chestov, sans la présence informatrice de Socrate et de Jésus. La double iconographie n'est pas moins abondante. Le doigt tendu de Socrate à l'heure des adieux dans la fameuse toile de David est délibérément antérieur à celui de Jésus.

Mon centre d'intérêt est ici l'enseignement, le rapport de maître à disciple, à Athènes et en Galilée, à Jérusalem. Le pédagogue itinérant, le dialecticien virtuose de Nazareth dit à tous ceux qui veulent bien l'entendre qu'il n'est ni plus ni moins qu'un maître. Le titre de *rabbi* ne veut pas dire autre chose.

À la différence de Socrate, le maître galiléen choisit et enrôle ses disciples. Leur nombre se rattache à la numérologie traditionnelle : au début, ils sont douze, comme les tribus d'Israël et les signes du zodiaque. Ce ne sont pas les aristocrates ni la jeunesse dorée d'Athènes, mais des hommes ordinaires : « Ils étaient frappés de son enseignement ; car il enseignait en homme qui a autorité et non pas comme les scribes[13]. »

Alors que la *doxa* platonicienne, exposée par Socrate, s'exprime largement à travers des mythes, Jésus fait passer l'essentiel à travers des paraboles : un raccourci oral qui facilite la mémorisation. Le statut épistémologique de ces deux modes, leur validité et leurs « fonctions de vérité » sont au cœur d'un éternel débat. Une définition cardinale du génie souligne, je crois, la capacité de faire naître des mythes, de concevoir des paraboles. Cette capacité est excessivement rare. Elle marque Kafka plutôt que Shakespeare, Wagner plutôt que Mozart. Les mythes socratico-platoniciens, comme celui de la Caverne, les paraboles de Jésus sur le grain de moutarde ou le fils prodigue, partagent certains traits. Elles sont ouvertes en ce qu'elles provoquent des multiplicités et des potentialités d'interprétation inépuisables. Elles déstabilisent en permanence l'esprit humain. Elles se dérobent à la paraphrase et à l'intelligence alors même que nous paraissons les saisir (tel est, précisément, le modèle heideggerien de l'*alêtheia*, d'une vérité qui se dissimule dans le processus même de son dévoilement). Le mythe du conducteur de char, la parabole du semeur sont parfaitement bornés et pourtant sans limites. La physique de la relativité peut traiter cette contradiction apparente. Il se peut que, dans leur noyau secret, les mythes de Platon et les paraboles des Évangiles soient épanouissement de métaphores. Cette dynamique est à l'œuvre chez Kafka dans la parabole transparente et pourtant insondable de la Loi. Une analogie pourrait être celle de l'indécidabilité parfaitement douée de sens et applicable en mathématiques.

Mais «l'analogie», qui est elle-même une notion si glissante, ne nous mène pas bien loin. Presque seuls en leur genre, les mythes que raconte Platon, les paraboles que propose Jésus incarnent — j'emploie le mot à dessein — ce qu'il y a de tout à la fois décisif et inexplicable dans la Maîtrise, dans l'art d'enseigner. La faim de sens qui tenaille l'âme, l'intelligence, force le disciple (nous) à revenir, encore et toujours, à ces textes. Ce retour, toujours contrarié mais qui toujours à nouveau s'opère, peut nous conduire aussi près que possible du concept de résurrection. Qui est aussi, hasarderai-je, une métaphore.

Les nuances, l'économie de référence et de contexte personnel rendent quasiment impossible, ai-je laissé entendre, le classement systématique des élèves et acolytes de Socrate. La technique bidimensionnelle des Évangiles synoptiques confère à divers disciples de Jésus un caractère d'immédiateté incisive. Comme les figures des mosaïques byzantines, ils sont tout à la fois plats et monumentaux. De surcroît, des millénaires d'invocation liturgique et d'exégèses ont donné à un Pierre, à un André, à un Simon le Cananéen leur individuation. Sans eux, que seraient la peinture et l'architecture occidentales ? Il y a chez Jésus des bouffées d'impatience, voire de violence. Parfois, elles visent ses disciples. Jacques et Jean ont droit à des remontrances. La trahison de Pierre est prédite. Injonction est faite à un disciple en herbe de délaisser les obsèques de son père — exigence qui coupe radicalement Jésus de Nazareth de ce qui est quasiment l'obligation la plus sainte dans le judaïsme. La colère du maître gronde contre Pierre : « Simon, tu dors ! Tu n'as pas eu la force de veiller une heure[14] ! » Une fois encore, on retrouve le thème de l'insomnie en rapport avec le grand enseignement.

J'ai essayé de montrer ailleurs (dans *Passions impunies*[15]) combien les parallèles structurels sont étroits entre les récits du *Banquet* et de la Cène. Dans les deux cas, il est toute une dramaturgie d'entrées et de sorties ; tous deux évoquent les turbulences politiques et sociales de la nuit environnante. Le martyre, imminent dans un cas, à l'horizon dans l'autre, couvre de son ombre chaque mouvement dans la maison d'Agathon et dans la « pièce du haut, vaste et garnie » pour la Pâque à Jérusalem. On ne banalise rien si, entre autres approches, on aborde ces deux nocturnes comme un séminaire ou une leçon de maître.

En vérité, cette perspective peut éclairer psychologiquement le plus noir des thèmes. Le non-chrétien n'a guère accès au choix gratuit que fait Jésus de Judas pour la damnation, à l'identification de Judas à l'argent (il est l'intendant des disciples). Pour les Juifs, jusqu'à ce jour, les conséquences seront abominables. Il est cependant, chez Judas lui-même, un élan possible auquel nous nous heurterons tout au long de l'histoire des rapports de maître à disciple. Cette relation est chargée de rivalité parmi les disciples. Chacun brûle d'être le favori du maître, de devenir son dauphin élu. Il n'est point de cénacle, d'atelier, de séminaire à l'université ou d'équipe de recherche dont cette aspiration et les jalousies qu'elle engendre soient absentes. Alcibiade est le témoin véhément de cet élan. Rien n'a changé, plus de deux mille ans après, dans le tragique imbroglio de Gershom Scholem et Jacob Taubes. Le suicide peut être au rendez-vous. La Cène parle du disciple « que Jésus aimait » *(hon êgapa)*. Représenté dans l'art occidental comme « penché sur le sein de Jésus », ce personnage demeure non identifié. *Eine Idealgestalt*, dit Bultmann ; une *figura esoterica-misterica*, un « bien-aimé » auquel Jésus confie des mots inaudibles aux autres disciples.

Les Évangiles font allusion au défaut d'amour de Judas pour son maître, à son désir d'être distingué — un désir qui trouvera un accomplissement atroce. Il accepte la bouchée qui signale son anathème. Selon certains commentaires, on a là un « sacrement satanique » formant avec celui de la communion une irréparable antithèse. Judas aura été le témoin forcé de l'amour électif et manifeste de Jésus pour celui que la tradition désignera sous le nom de « Jean » et que certaines hiérarchies mystiques élèveront au-dessus de Pierre. À travers le dépit et la jalousie de Judas, perce une humanité grossière. Iago et Othello. À demi ivre, à demi condamné par lui-même, Alcibiade quittera le maître et outragera la cité. Judas Iscariote disparaît « aussitôt » dans cette nuit *(en de nux)* dont son peuple n'est jamais vraiment sorti. Quand le choix et l'amour du maître deviennent enjeu suprême, un rejet est insupportable. Au disciple rouquin et au nez crochu, il ne reste, lugubres ironies, que la bourse que lui a confiée le maître.

Nous ne savons pas pourquoi Platon était absent à la mort de Socrate, malgré la toile de David, ou, plus précisément, pourquoi il s'exclut du *Criton*, dans lequel cette mort est rapportée. La douleur était-elle trop grande (Socrate prie ces disciples de contenir leur lamentation) ? Paul de Tarse n'a jamais posé les yeux sur Jésus. Par la force de la langue écrite, les deux disciples devaient assurer l'immensité posthume de leurs maîtres. L'oralité fut publiée, rendue durable. Mais à un prix que reflète l'opposition emblématique entre la lettre et l'esprit. Les doctrines et la métaphysique du Platon de la maturité s'écartent de plus en plus de ce que nous savons de Socrate. Paul transmue Jésus de Nazareth en

Christ. Ce processus de transformation est un élément récurrent, voire central, des leçons de maîtres. Fidélité et trahison sont étroitement liées.

CHAPITRE II

Pluie de feu

Dès lors, deux courants souverains s'entremêlent : christianisme et néoplatonisme. La chrétienté revendiquera l'« *anima naturaliter christiana* » de Platon. Son symbolisme et ses abstractions transcendantales sont souvent du platonisme mis en scène, avec Plotin, qui fait office de synapse.

Vingt-six années durant, le maître enseignera à Rome, renouvelant le platonisme en des temps de menaces sociales et politiques. Comme son propre maître, Ammonius, Plotin n'écrit pas. Mais les disciples de ce qu'Augustin appellera une *Plotini schola* couchent par écrit son enseignement oral. Ils témoignent d'une expérience radicalement charismatique, de ce que Dante, indirectement influencé par Plotin, compare, dans le *Paradis*, à une « *luce intelletual piena d'amore* ». Si les neuf cents livres réputés de *scholia* que signale Amelius nous sont perdus, les doctrines et la pédagogie de Plotin ont duré. Le maître « semblait honteux d'être dans un corps » — nous verrons que c'est axiomatique pour un Alain, « maître à penser ». Calquant ses idéaux sur ceux de Pythagore, il prône l'ascétisme, un régime végétarien, un sommeil réduit et le célibat. Là encore, dans le style de Pythagore et, d'aucuns l'ont affirmé, de Platon lui-même, les enseignements de Plotin sont à deux niveaux : la *doxa* ésotérique est confiée à une élite d'initiés; le discours exotérique s'adresse aux auditeurs dans leur ensemble. À un auditoire des plus larges et divers : trois sénateurs, des médecins, un poète savant, un rhétoricien réputé pour ses pratiques usurières et son avarice. Les femmes étaient reçues sur un pied d'égalité — c'est le christianisme paulinien, avec ses antécédents rabbiniques, qui instituera la grande barrière. Une poignée de philosophes se pressent dans le public. On sait des disciples qui renoncent au monde à l'image du maître.

Le message est celui d'un harmonieux unisson. Contre la gnose existentielle et sa cosmologie manichéenne, Plotin presse l'âme de rentrer au bercail, de retourner à l'Un infini. «Peut-être le Mal est-il un simple obstacle à l'Âme, comme une chose qui affecte l'œil et gêne la vue.» Un mot qui conduira Spinoza à nous instruire qu'il n'est de vie authentique que dans la quête philosophique sérieuse; le reste n'est que «jouet». Toujours est-il que cet idéal d'harmonie et l'évidente luminosité de la présence du maître s'accompagnaient, semblerait-il, d'une tension psychique extrême. Au moins un spécialiste parle de la nervosité, des troubles pathologiques occasionnés chez les disciples de Plotin par la tension jamais relâchée de la méditation métaphysique. (Le phénomène se retrouvera dans le cercle de Wittgenstein.)

Nous devons notre connaissance des cours et séminaires de Plotin à un document presque unique dans les écrits antiques : la *vita* biographique et autobiographique que Porphyre donne en préface à son édition des *Ennéades*. Les éléments d'hagiographie formulaire sautent aux yeux, tout comme les imitations des antécédents pythagoriciens ou socratico-platoniciens. Le récit de Porphyre n'en est pas moins précieux. Les séminaires se déroulaient sous la forme d'une *conversazione*, comme un libre échange innocent de toute «pompe professorale». Les propos du maître étaient parfois si nobles, si exigeants d'un point de vue éthique ou théorique, que les auditeurs n'osaient demander des éclaircissements. Par moments, «quand il parlait, se manifestait l'intellect», un être de degré divin (voir le *daimonion* de Socrate). D'ordinaire, cependant, il suscitait des objections, auxquelles il répondait avec force et clarté. Il organisa des banquets en l'honneur de Socrate et de Platon — suivant une pratique que devait imiter à son tour Stefan George. On y prononçait des discours en mémoire du *Banquet*, mais Plotin condamnait sans appel la soumission charnelle professée par Alcibiade. Nul, attestait Longin, n'avait davantage éclairé les principes de Pythagore et de Platon, les traduisant en préceptes de conduite personnelle, de confiance en l'immortalité, si mystérieuse soit-elle, de l'essence humaine. C'est à travers cette forme de maîtrise que Plotin mit en œuvre sa doctrine des « émanations » divines. L'héritage plotinien devait être prodigue. C'est un choix latin des traités qui mit saint Augustin sur la voie. Boèce prépare l'autorité de Plotin chez Giordano Bruno, dans le néoplatonisme florentin de Marsile Ficin. Le « monisme » de Plotin inspire Berkeley, Schelling et Hegel. Bergson, dans ses doctrines vitalistes, est un lointain disciple. À travers la traduction rhapsodique de Stephen Mackenna, le surnaturalisme de Plotin fait surface chez Yeats.

La fin fut tragique. Affligé d'une mauvaise santé (la lèpre ?), Plotin se retira en Campanie, où il avait jadis espéré créer une cité fondée sur *Les Lois* de Platon. La mort le trouva dans un quasi-isolement. En 268 de notre ère, l'assassinat de l'empereur Gallien, son protecteur et ami, déclencha un règne de terreur. Les disciples s'éparpillèrent (Platon est absent à la dernière heure de Socrate, saint Pierre renie Jésus). À Rome, le domaine de l'esprit et de l'intellect s'était éteint. Il semble que le malheur de Priam ait hanté Plotin. Certains de ses disciples s'efforcèrent de continuer en Syrie. Leur maître n'avait-il pas enseigné que « l'adversité stimule la quête philosophique » ? L'oracle de Delphes avait proclamé la sagesse de Socrate. Et voici, selon Porphyre, qu'Apollon prononça un oracle immortel à la mémoire d'« un ami plein de douceur », Plotin, dont le « doux sommeil n'appesantissait » jamais « complètement les paupières » : « De tes yeux, tu as vu de multiples beautés que nul n'aurait pu voir facilement parmi les hommes qui se sont faits chercheurs de Sagesse. » L'« âme pure » de Plotin s'était élevée au-dessus de la « vague amère de cette vie nourrie de sang[1] ».

Jamblique lui avait faussé compagnie, jugeant inacceptable le rationalisme sous-jacent de la lecture plotinienne de Platon. Son inclination était celle d'un mystagogue. Son *De*

Vita Pythagorica liber illustre cependant une pédagogie proche de celle du maître. Les élèves vivaient avec Jamblique ou dans sa proximité. Ils le retrouvaient quotidiennement et partageaient ses repas. Les textes de Platon et d'Aristote étaient soumis à une étude et une discussion serrées. Alors même que tout cela fleurait bon sa théurgie et sa mystique pythagoricienne à huit siècles de distance, les méthodes de Jamblique étaient aussi philologiques. Il faisait valoir les droits de la spéculation immanente, pour peu qu'elle fût inspirée, contre le dogmatisme des églises chrétiennes. C'est donc dans les circonstances catastrophiques des IIIe et IVe siècles que trouvent leurs origines les techniques de l'enseignement philosophique encore en vigueur aujourd'hui.

De manière récurrente, Augustin exerce ses talents d'introspection sur la notion de magistère. N'avait-il pas eu pour mentor le redoutable Ambroise de Milan ? Mais une gravité particulière s'attache au *De magistro*, ample dialogue dont le partenaire est le fils même d'Augustin, Adéodat. L'ouvrage fut composé entre 388 et 391. Le garçon, présenté comme exceptionnellement doué dans *Les Confessions*, était mort en 389, à l'âge de dix-sept ans. Notre texte, avec son insistance sur le passage du corporel au spirituel, *per corporalia ad incorporalia*, est aussi un *in memoriam*. La thèse centrale d'Augustin est platonicienne. L'âme et l'intelligence demandent qu'on les « dresse » afin de les éveiller à l'appréhension de vérités éternelles et révélées. L'indispensable préliminaire de cette compréhension est la sémiotique, l'étude des « signes ». Sans ceux-ci, il n'est point d'accès au sens. En eux-mêmes, pourtant, les signes « n'enseignent rien ». Ce paradoxe oblige Augustin à construire son « maître intérieur », autrement dit l'unique « maître de Vérité », qui est le Christ.

Les citations des Écritures, de saint Paul notamment, abondent. Mais l'argumentation sémantique se nourrit principalement de Cicéron et des grammairiens romains. Ceux-ci sont à leur tour enchâssés dans les problèmes plus larges de la dialectique philosophique, de l'élucidation de la signification et du sens. Le nœud est le platonisme christianisé de la lumière intérieure. Postulant cette « lumière incorporelle spéciale», Augustin corrige le *Ménon* et le dépasse. Sans doute le platonisme était-il ici indirect, avec Plotin en guise d'intermédiaire. Déjà, cependant, Origène et Ambroise avaient insisté sur Matthieu 23,10 : «Vous n'avez qu'un seul maître, et c'est le Christ.» Augustin entend bien appliquer cet axiome à la communication de la pensée et du savoir *(paideia)* dans sa totalité. D'où son souci sans précédent, pour ainsi dire technique, des limites et des énigmes des moyens sémantiques. Comment est-il possible d'enseigner?

Au livre IX de ses *Confessions*, Augustin se retourne sur son passé de maître de rhétorique et d'éloquence du barreau. Cette pratique n'était rien que «marché aux bavardages». De la sophistique. Tout *magisterium* digne de ce nom implique une relation triangulaire. Le sommet mais aussi la base de ce triangle sont ceux de la vérité divine, immuable. Pour reprendre le mot d'Augustin dans ses *Sermons* : «Nous parlons, mais c'est Dieu qui enseigne» (Gerald Manley Hopkins revient sur cette distinction). L'incarnation du Christ revêt une fonction rigoureusement pédagogique : l'unique maître intérieur s'est «extériorisé» afin de nous appeler de l'extérieur vers l'intérieur. Ce qui était chez Platon une abstraction transcendantale, presque mytho-poétique, devient matériel. Le prodige des signes, de leur capacité de signifier et de transmettre, se rattache aussitôt au Verbe vivant, au *Logos* qu'est le Christ johannique. Il est juste de dire que le langage d'Augustin est bel et bien un «langage des signes». Wittgenstein aura recours à Augustin pour avancer son modèle de définition ostensible. Mais Augustin a une conscience aiguë du paradoxe de l'autoréférence, du signe qui n'est pointé que vers lui-même en un cercle herméneutique que rien ne saurait briser : «*Quae tamen etiam ipsa signum sit.*» Par les mots, nous n'apprenons que des mots : «*Verbis igitur nisi verba non discimus.*» Déconstructionnistes et postmodernistes sont des augustiniens infidèles.

Comme dans les théories transformationnelles et génératives actuelles du langage, les capacités sémantiques, pour Augustin, sont innées, mais cette innéité n'est pas physiologique. La foi doit précéder la grammaire et les moyens de compréhension. Le Verbe, qui est le Christ, « habite » très littéralement la psyché humaine, bien qu'il ne puisse y élire domicile sans la libération de la grâce. Les ressources individuelles différeront et détermineront le champ de l'intuition intelligible. Mais, *via* « une perception secrète et simple », *secreto ac simplici oculo*, l'auditeur parviendra à la compréhension et donnera son assentiment. Dans ce processus, l'enseignement du maître fera office de catalyseur ; mais, comme dans le *Ménon*, les actes d'appréhension doivent dériver de la contemplation stimulée du disciple. Le questionnement éveille savoir et émulation, présents *a priori*. Les vrais élèves sont *discipuli veritatis*. Comment l'erreur et la méprise sont-elles possibles ? Comment menteurs et dupeurs opèrent-ils ? La faute en est à la faillibilité de la sémantique, à la propension du discours à la dissimulation et à la diversion. Cette ambiguïté propre aux actes de parole obsédait Augustin et lui inspira nombre de ses analyses les plus pénétrantes.

Écoutant son maître, le disciple médite la leçon *pro uiribus intuentes*, grâce aux forces d'intelligence que lui apporte une lumière intérieure. Trop souvent, les disciples louent leurs maîtres quand, en un sens, ils devraient se louer eux-mêmes (*« non se doctores potius laudare, quam doctos »*). L'apparente immédiateté du processus d'apprentissage, le flash de l'évidence dissimulent les origines miraculeuses et la complexité du phénomène. Tout du long, la validation est transcendante. Car il n'y a là qu'un seul vrai maître : « *quo unus omnium magister in caelis sit* » (le « seul vrai critique », dit Hopkins du Christ). L'éducation n'est que notre aptitude, notre empressement à nous tourner vers Lui. Font-elles défaut ? Doctrine et pédagogie sont sophistiques. Ainsi la méthode maïeutique de Socrate, telle que la raconte Platon, est une anticipation allégorique de la doctrine chrétienne. Le « dieu inconnu » que saint Paul découvrit à Athènes[2] était déjà à l'œuvre.

Sous la pression des circonstances personnelles, tout le modèle naît d'une expérience proche du désespoir. Comme Pascal après lui, Augustin est hanté par le relativisme, par les incertitudes de toute rhétorique, où « rhétorique » et stratégie de séduction sont tant bien que mal inséparables de l'enseignement, fût-ce le mieux intentionné. Augustin éprouva avec un tranchant singulier les duplicités du charismatique. Il avait un sens aigu de la séduction. « Prends garde au grand maître. » Au maître en titre, il ne faut jamais prêter une confiance sans réserve.

★

L'inventaire des expériences d'un Shakespeare a la réputation méritée d'être insurpassable. Quel métier, quel art, quelle vocation — ceux du médecin ou du juriste, du prêteur et du soldat, du navigateur, du diseur de bonne aventure, de la putain et de l'homme de Dieu, du politicien et du menuisier, du musicien, du criminel, du sanctifié, du paysan, du colporteur et du monarque — ont-ils échappé à son attention ? Que de sottises n'a-t-on écrites sur l'inexplicable familiarité de Shakespeare avec l'art de gouverner, la diplomatie, les arts de la guerre ? Quel ordre de rapports humains échappe à ses intuitions ? La somme du monde est sienne. Pour autant qu'on puisse le dire, le thème qui nous préoccupe, celui des maîtres et des disciples, laissa Shakespeare indifférent.

Holopherne, dans *Peines d'amour perdues*, fait partie du répertoire de la comédie romaine ; son pédantisme inspire une dérision de routine. Une malice (embarrassée) marque le sort fait au didactisme sentencieux de Polonius. Si Shakespeare aborde jamais ce thème, c'est à propos de Prospéro. Caliban est rudement instruit. Un amour sévère préside à l'éducation de Miranda. Mais ce ne sont point des motifs centraux. J'ai néanmoins dans l'idée que, si l'on pouvait rendre compte de cette omission, on aurait accès à des zones vitales de la sensibilité labyrinthique de Shakespeare. En l'état, nous en sommes réduits à poser sans cesse la question — comme dit Matthew Arnold, *we ask and ask*.

Il est banal d'observer chez Shakespeare une capacité sans égale de compréhension immédiate, qui lui permet de saisir au vol même des matériaux techniques et spécialisés. Une allusion au passage, un tour de langage, un geste notés peut-être distraitement amorcent des constellations d'associations, de congruences métaphoriques, tout à la fois pénétrantes et étendues. Largement déployé, le filet du langage rapporte et fusionne une « infinie diversité ». Que le thème du maître et des disciples, auquel les Écritures et Plutarque auraient pu familiariser Shakespeare, soit absent du canon des drames ne pourrait-il exprimer la fin de non-recevoir, fût-elle inconsciente, que l'autodidacte universaliste opposa aux droits, aux prétentions de l'autorité mandarinale ? Bien que dans une veine différente, nous trouvons aussi ce réflexe chez Montaigne. Le contraste est marqué avec cette faim d'apprentissage formel qui anime un Ben Jonson, un Chapman et, nous le verrons, un Marlowe.

Les *Sonnets*, par ailleurs, mettent en scène une chronique de l'autoéducation, une discipline du cœur tourmenté à l'égard de lui-même si intense, si novatrice et fine sur un plan psychologique qu'elle rend superflue, voire triviale, la dialectique de l'instruction scolaire. Qui aurait pu *enseigner* à Shakespeare les vérités et les mensonges de la conscience humaine ?

Ces conjectures auraient-elles quelque mérite qu'elles pourraient éclairer l'éternelle question de l'agnosticisme de Shakespeare, de l'élision de tout *credo* auquel on puisse l'identifier — ce vide exaspéra des lecteurs comme Verdi et Wittgenstein. Une intimité, un secret transcendant enclot ses croyances :

And thou, who didst the stars and sunbeams know,
Self-school'd, self-scann'd, self-honour'd, self-secure,
Didst tread on earth unguess'd at. — Better so !

Et toi, qui as connu les étoiles et les rayons de soleil,
qui t'es toi-même formé, scruté, honoré, toi, l'assuré,
tu as foulé une terre insoupçonnée. Et c'est tant mieux !

Arnold pourrait bien avoir raison. Mais la différence avec Dante ne saurait être plus grande.

Il est de multiples approches de la *Comédie*, toutes incomplètes. Une lecture consiste à y voir une épopée de l'apprentissage. Grâce à des rencontres progressives, qui par leur finesse psychologique et leur qualité dramatique ne sont égalées que chez Platon, l'intellect, agent de l'âme du Pèlerin, s'arrache à la perplexité la plus noire pour se hisser aux limites de la compréhension humaine, qui sont très exactement celles du langage. Dante est «scolastique» en tous les sens du terme. Il est suprêmement instruit, dans une veine profondément académique. Fût-ce au summum de la ferveur, sa sensibilité conceptualise. La logique, la rhétorique technique et le scrupule analytique innervent son génie du mythe et de l'expression lyrique. Chez lui, l'abstraction devient ardente. Dès la *Vita Nuova*, Dante sent la pensée et pense le sentiment.

Les sources, le *moto spirituale* de la *Comédie* sont ceux de la pédagogie. Le poème instruit à mesure qu'il se déroule, et ce déploiement prend la forme de leçons et de cours successifs. Maître et disciple sont partie intégrante de ce voyage. L'ultime *mio maestro* est une divinité inaccessible. Mais, comme dans la géométrie des tangentes — l'analogie de Dante — ou le calcul différentiel, l'appréhension mortelle se rapproche du centre. Les successifs «maîtres chanteurs de l'âme» (Yeats) informent, nourrissent, corrigent, disciplinent et louent le disciple. Il n'est guère de branche de la transmission, de la méthode didactique, de la scolarisation formelle et exemplaire, que Dante ait laissé inexplorée. «Éduquer» signifie «conduire en avant», fût-ce à travers les jardins d'enfants de l'Enfer. (La damnation est un masque de la puérilité.)

Tout cela a déjà été dit, assurément. Mais le prodige est tel qu'il souffre la répétition.

Dante lui-même fut un élève-étoile : de l'école sicilienne, des troubadours provençaux, de prédécesseurs immédiats ou de contemporains tels que Guinizelli et Cavalcanti. C'est du côté de Thomas d'Aquin et de l'Aristote des scolastiques qu'il alla chercher une certification. Le statut talismanique, sibyllin, de Virgile était établi. Sa quatrième Églogue n'avait-elle préfiguré, par une intuition de la grâce, la naissance du

Christ ? N'avait-il pas annoncé *(nostra maggior musa)* les splendeurs destinées de la Rome impériale et pontificale ? Le coup de génie radical et déterminant de Dante fut de choisir l'auteur de l'*Énéide* pour en faire le guide du Pèlerin, une figure de père, un exemple. L'association élective entre le maître et le disciple devient l'axe du voyage. La densité d'interaction, de partage exprimé et subconscient est telle que tout traitement adéquat signifierait, quasiment, une relecture, vers après vers, de l'*Enfer* et du *Purgatoire*. La pupillarité est annoncée d'emblée : « *Tu sei lo mio maestro e 'l mio autore.* » (Des siècles plus tard, un absolutiste platonicien doublé d'un connaisseur passionné de Dante, Pierre Boutang, écrira à Charles Maurras, alors en prison, frappé d'indignité nationale : « Mon cher maître, mon maître, jamais ce beau mot n'a été plus complètement vrai que dans le rapport que j'ai à vous[3]. ») La *Comédie* est l'anatomie de ce rapport. Plus que tout autre texte postérieur, elle est notre *Bildungsroman*. Elle sait la tristesse propre à toute paternité, l'ombre portée de la trahison où la lumière de l'accueil et de la fidélité *(onore e lume)* est le plus concentré.

Ainsi que le notait Ossip Mandelstam dans sa glose inspirée sur la *Comédie*, le recours de Dante à la numérologie va profond. Sa sensibilité énumère. Quatre-vingt-dix citations de Virgile dans l'*Enfer*, trente-quatre dans le *Purgatoire*, treize seulement dans le *Paradis*. Ce *diminuendo* minutieusement calibré est à la mesure de la dépendance du disciple à l'égard du maître, des dettes de la *Comédie* envers l'*Énéide*, qui vont en s'estompant. (Ces deux dégradés sont complémentaires.) On trouve sept traductions directes de Virgile en Enfer, cinq au Purgatoire et une seulement dans la sphère céleste. En contrepoint, les Écritures sont traduites une douzaine de fois au Paradis, où elles sont chez elles, huit au Purgatoire, mais une seulement dans les abysses. De surcroît, les allusions à l'*Énéide* des huitième et neuvième chants du *Paradis* sont abrasives. Le maître païen n'est plus le bienvenu.

La « tragédie de la *Comédie* », pour reprendre le mot éloquent de Robert Holland, naît au chant premier de l'*Enfer*. Que Virgile soit irrémédiablement exilé du salut devient manifeste. La célébration de la confiance éclipsera le fait sans jamais l'effacer : « Et après avoir mis sa main dans la mienne avec un visage gai, qui me réconforta, il me découvrit les choses secrètes[4]. » Terrifié, ignorant, puéril, le Pèlerin se tournera obstinément vers son maître : « *Io mi volsi al mar di tutto 'l senno* », « Je me tournai vers l'océan de toute science[5] ». Mais la faille du cristal s'entend dès la fin du chant IX, lorsqu'un ange intercède pour sauver et le maître et le disciple de périls sataniques. L'évocation de la nécromancie et de la monstruosité à partir de *La Pharsale* de Lucain délimite subtilement le domaine de Virgile. Le Christ a « brisé » le temps et l'histoire. Si privilégié soit-il, ni la descente aux enfers de Virgile *via* l'*Énéide* ni son rôle de guide dans l'épopée de Dante ne sont aussi déchirants que pour le Christ. Dans ce même chant XII, pourtant, Thésée et Hercule sont autorisés à anticiper le militantisme triomphant du Christ. Il est rare que Dante nous laisse franchement nous détendre.

La première crise survient au chant XIII, aux vers 46-51. Le défi est capital : dans quelle mesure les précédents mis en scène et racontés dans l'*Énéide* sont-ils dignes de foi ? Le moment venu, le classicisme médiéval posera la question, en un temps où des citations de Virgile, choisies de manière aléatoire, étaient parfois investies d'une crédibilité oraculaire. Je simplifie une dialectique excessivement complexe. Qu'est-ce donc que la *fiction*, demande Dante, qu'est-ce que ce « vrai qui a visage de mensonge » (XVI, 124) ? La *Comédie*, insiste Dante, est une « invention vraie ». Une distinction tout à la fois vulnérable et d'une importance primordiale est soulignée entre la « fiction vraie » et ce qu'on pourrait appeler la « vérité mensongère ». Des vérités fictives, comme dans la *Comédie*, sont autorisées ; il faut leur faire crédit à travers une conscience providentielle et rétrospective de la renaissance de l'imagination et de l'intelligence dans la venue du Christ. Le chant XX distingue — y a-t-il jamais eu critique philologique plus aigu que Dante ? — les divers ordres de mythe et de feinte chez les quatre maîtres latins que nous rencontrons d'abord dans les Limbes. Stace, Ovide, Lucain et Virgile lui-même sont des poètes inspirés, mais ce sont des devins qui n'ont pas été bénis ; aussi sont-ils, en définitive, faux. Nulle métamorphose n'égale la transsubstantiation.

Ce qui suit est au nombre des inventions les plus saisissantes d'ingéniosité de la littérature. Confronté à la preuve tangible du rôle du Christ en Enfer, Virgile corrige la prophétie de Mantô dans l'*Énéide*. Un maître suprême confesse son erreur et corrige son œuvre. Est-il un autre exemple de cette façon de procéder avant les jeux pâles auxquels se livre Gide dans *Les Faux-monnayeurs* ? Notre modernisme connaît-il quoi que ce soit d'aussi déconstructeur ? À compter de cet instant, la soumission du disciple à son maître bien-aimé se module en questionnement.

Le *Purgatoire* élabore une critique profonde du concept de *fama*, de gloire séculière par-delà la mort, telle que le maître l'avait affirmée au chant XXIV de l'*Enfer*. Le grand drame des adieux couvre en fait soixante-quatre chants. Virgile, qui avait converti Stace au christianisme, dont la quatrième Églogue est annonciation, continue de résister à la loi du sauveur *(« ribellante a la sua legge »)*. Au livre IX de l'*Enfer*, il doute de la divine mission de Béatrice et de sa sauvegarde. Le Pèlerin-disciple a l'intuition d'un mystérieux *faillimento* qui empêche son maître d'agir à la lumière de sa propre clairvoyance. Un peu comme chez Kierkegaard, l'esthétique a des limites prescrites. Théologiquement bien comprise, la grâce fait passer de la perfection même de la beauté formelle (l'*Énéide*) au sacrement de l'amour. Dans la dramaturgie de la *Comédie*, quatre païens ont droit au salut : Stace et Caton au Purgatoire, Trajan et Riphée au Paradis. La mythographie médiévale eût donné à Dante toute licence de « sauver » Virgile. Mais le disciple consigne son *dolcissime padre* — le seul usage de ce superlatif dans toute l'épopée — aux « gens antiques en leur antique erreur[6] » *(« le genti antiche nell'anticho errore »)*. Virgile n'avait pas entendu le Verbe dans le mot. Virgile lui-même pleure sa « relégation à l'exil éternel ». L'intransigeance de Dante a intrigué, irrité nombre de ses meilleurs lecteurs. Quelle opaque trahison est ici à l'œuvre ?

(Quelle « vengeance œdipienne », devrait-on dire dans le vocabulaire de la psychanalyse ?)

Quels qu'en fussent les mobiles, la mise en scène des adieux hisse la *Divine Comédie* au faîte du pathétique *littéraire*. Aucun adieu ne surpasse la virtuosité d'exécution et la vérité de sentiments du chant XXX du *Purgatoire*. Tremblant à l'approche du nouveau Maître, d'une Maîtresse en la personne de Béatrice, le Pèlerin consulte l'*Énéide*. Reconnaissant en lui-même les « signes de l'ancienne flamme[7] », il cite l'original de Virgile : « *Adgnosco veteris vestigia flammae.* » Didon rappelle son ancien amour pour Sichée. Le seul autre *auctor* que cite Dante « dans l'original » est Dieu. À dresser l'inventaire des citations, on approche de la définition d'une culture. La *Comédie* ne saurait se passer de l'*Énéide* (saint Paul cite Euripide), mais doit la corriger. Proclamant l'efficacité de la prière chrétienne, Béatrice déforme à dessein le mot fameux de « désespoir » au livre VI de l'*Énéide*. Le désespoir est antichrétien. Virgile a su *facere lucere*, « faire la lumière », mais Béatrice *est* lumière.

Dans les vrais adieux du disciple au maître, s'entend l'écho puissant des *Géorgiques* de Virgile. Les spécialistes pensent aujourd'hui que Dante connut cette œuvre. L'adieu d'Orphée à Eurydice devient celui du Pèlerin à son guide. Le Pèlerin pleure, sachant que son maître doit, comme Eurydice, regagner la ténèbre. La désolation est juste et nécessaire. La révélation détrône la *poiesis*. Le disciple doit maintenant accéder à un enseignement supérieur, à *nostra maggior musa*, à savoir celle des Saintes Écritures.

De nos jours, seuls l'antiquisant et le médiéviste connaissent Stace. Pour Dante et ses contemporains, ce poète épique du Ier siècle venait dans le canon juste après Virgile et Ovide, mais avant Lucain. Sa *Thébaïde* et son *Achilléide* avaient transmis à l'Occident les histoires de Thèbes et de Troie. Caton acquit le salut parce qu'il s'était sacrifié pour d'autres ; l'empereur Trajan avait été arraché aux Limbes par le pape Grégoire en raison de la justice de son règne. De même parmi les Troyens, ancêtres de Rome, Riphée avait été « le plus juste ». Pourquoi Dante choisit-il Stace pour le baptême? La question demeure sujette à controverse et nébuleuse. Stace lui-même, dans le *Purgatoire*, attribue son repentir, sa renaissance intérieure, à un vers de l'*Énéide*. La quatrième Églogue l'attire vers le Christ : «*Per te poeta fui, per te cristiano*[8].» La poétique et la foi font bon ménage : «Et avant de mener en poésie les Grecs / aux fleuves de Thèbes, je reçus le baptême[9].» Mais la peur des persécutions de Domitien conduisit Stace à dissimuler ses croyances. D'où sa laborieuse ascension du mont du Purgatoire.

Le début du chant XXI du *Purgatoire* nous présente le maître et le disciple en fac-similé des apôtres sur le chemin d'Emmaüs. L'ombre de Stace est emblématique de la personne du Christ. D'où son salut liturgique : «*O frati miei, Dio vi dea pace*[10].» Si elle n'est pas exempte d'une aura ironique, *La Rencontre* de Courbet reproduit la farouche immensité de l'instant. Avec une courtoisie lugubre, Virgile se présente comme «relégué» de cette «paix qui passe l'entendement». Pour sa part, Stace marquera sa révérence au maître, truffant son discours de réminiscences de l'*Énéide*. Le Pèlerin s'est enorgueilli de révéler à Stace l'identité de son guide. Sur un plan littéraire, Dante se considère avec Stace comme un élève assidu de Virgile. Voici un poète «*trattando l'ombre come cosa salda*[11]». Donner de la substance à l'ombre. Tel est, à l'évidence, l'art inégalé de Dante.

Certes Virgile est-il théologiquement condamné, mais la rencontre avec Stace, au seuil de la séparation, exalte une fois de plus son éminence poétique et prophétique. Le maître aide ses disciples à s'acheminer vers cette lumière qui lui est interdite. La tradition veut que Stace fût déjà un chrétien clandestin quand il composa les trois derniers livres de sa *Thébaïde*. Poétiquement, cette épopée ampoulée ne saurait se comparer à l'*Énéide*. Dans le programme du salut, de l'éducation de l'âme humaine, elle la dépasse. Dans le voyage vers la révélation, Stace ne le cède qu'à Béatrice.

S'il fallait choisir le texte qui, plus qu'aucun autre, cristallise le thème de cet essai, ce serait le chant XV de l'*Enfer* de Dante. La rencontre entre le Pèlerin et Brunetto Latini a été largement disséquée et débattue. L'essentiel n'en demeure pas moins irrésolu. En quel sens Dante se considérait-il comme le disciple du diplomate, grammairien et rhétoricien florentin ? Quel péché a-t-il commis pour être voué au supplice d'une « pluie de feu » ? Un éminent spécialiste français aura consacré des années à plaider que le crime de Brunetto était d'avoir publié en français, plutôt qu'en toscan, voire en latin, *Li Livres du Trésor*. Une suggestion qui me paraît exemplaire de l'esprit académique après la nuit.

Les indices n'en sont pas moins constants. Et le commentaire ultérieur de Boccace (« *Pedagogus ergo sodomiticus* ») éclaire d'une lumière crue un motif persistant : celui des liens homoérotiques entre maîtres et disciples, entre professeurs et élèves. La course à pied de Vérone, à laquelle Brunetto prend part, invaincu, était clairement associée à la beauté masculine et à l'exhibitionnisme homosexuel, tout comme le drap vert, le *palio*, remis au vainqueur. Mais quel qu'ait été le péché de Brunetto, le Maître l'aborde avec une ardente estime. *Siete voi* et *ser* sont explicitement honorifiques. Le disciple incline la tête vers *lo mio maestro*. Car c'est de lui qu'il a reçu la leçon quintessencielle :

ad ora ad ora
m'insegnavate come l'uom s'etterna.

La simplicité suprême est intraduisible. Sept mots dans lesquels Dante condense et définit la *paideia*. Dans lesquels il nous dit quelle est la fin de l'enseignement véritable, quel est le but de l'art, de la philosophie, de la pensée spéculative. De tout temps. L'essentiel est dans *s'etterna*. Eliot Norton : « Vous m'enseigniez comment l'homme se rend éternel[12]. » Telle est, en effet, la traduction classique. Elle ne rend pas la force de l'original ni son déploiement. Le français permet le verbe « s'éterniser ». Le grand enseignement, l'éducation de l'esprit humain, sa formation aux quêtes esthétiques, philosophiques et intellectuelles « éternise » l'individu, certes, mais aussi l'humanité. Heureux le disciple dont le maître a su donner son sens à la mortalité. Mais toute gloriole serait déplacée. L'ombre de Brunetto est entourée d'une cohue de

« clercs et grands lettrés, de grand renom[13] ». Tous coupables de cette « trahison des clercs », sur laquelle je reviendrai.

La magie de la fin est une pierre de touche. Se précipitant dans la brume ardente, Ser Brunetto continue d'arborer la mine d'un vainqueur : « *Non colui che perde.* » L'« éternité » du discours poétique et savant lance des flammes dans cette autre éternité de la damnation. À quelle profondeur les deux sont-elles liées ? Dante à Brunetto ; Prospéro à Ariel (comme tranchait T. S. Eliot, il n'y a pas de troisième solution, *no third*) :

My Ariel — chick
That is thy charge : then to the elements
Be free, and fare thou well...

Ceci, mignon Ariel, est ton affaire ; ensuite, fais librement retour aux éléments et bon adieu[14] !

*

Fernando Pessoa était à l'aise avec les fantômes. Sa Lisbonne spectrale grouille de leur discrétion affairée. C'est de là que procède la logique de la quadruple scission de son moi. Les quatre poètes que Pessoa appelle à la vie ont des voix, des idéologies et manières rhétoriques parfaitement distinctes. Leurs apparitions comportent des biographies et des bibliographies imaginaires. Entre eux, ils jouent au jeu du berceau de l'attention, de la suspicion et de l'affinité mutuelles, Pessoa évoluant parmi eux en « partenaire secret », « exilé de lui-même ». L'hétéronymie va bien au-delà du trope du pseudonyme. Chez Alvaro de Campos, Ricardo Reis, Alberto Caeiro et ce « Pessoa » qui est et n'est pas Fernando Pessoa (« Borges et moi » est le plus éminent de ses héritiers[15]), le génie est étiré et partagé en quatre dans une jonglerie tout à la fois joyeuse et mélancolique. Le masque est sous la peau. Au fil de cette alchimie, unique dans la littérature, le rapport de maître à disciple occupe une place éminente.

Reis et Campos, qui n'ont qu'antipathie l'un pour l'autre, se proclament tous deux disciples de Caeiro. Sur près de deux décennies, Pessoa envisagea de publier les poèmes complets de Caeiro, accompagnés d'une préface de Ricardo Reis — lequel sera ensuite le protagoniste du plus beau roman de José Saramago, qui est lui-même un triple reflet de l'invention de Pessoa. Le livre devait se terminer par les *Notes en souvenir de mon maître Caeiro*, de Campos[16]. Un dénommé I. I. Crosse, traducteur et essayiste, devait lancer dans le monde anglophone cette nouvelle école poétique de Lisbonne, dont Pessoa était le seul père.

La première rencontre de Campos avec Caeiro, une rencontre de hasard, se révéla être ce que l'allemand appelle *eine Sternstunde*, une « heure stellaire ». Brille à travers elle la teneur platonicienne. Caeiro a un « étrange air grec venu du dedans », un « calme qui n'est pas d'apparence [...]. Le regard bleu est insistant sans le savoir. [...] L'expression de la bouche, dernier endroit où s'arrête le regard, est celle d'un sourire comme celui que la poésie attribue aux belles choses inanimées, uniquement parce qu'elles nous plaisent — les fleurs, l'étendue des champs, celle de l'eau sous le soleil —, un sourire pour exister et non pour nous parler [...] ». Mais le chagrin est imminent : « Mon maître, mon maître si tôt perdu ! Je te revois dans l'ombre que je suis en moi, dans la mémoire que je conserve de celui qui est mort en moi... » Entendant le premier mot du maître (« Tout est différent de nous, et c'est pour cela même que tout existe »), le disciple en éprouva un choc sismique. Il est séduit, mais cette séduction procure à ses sensations une « virginité soudaine qui n'avait jamais été mienne » (l'hybride de mystique et d'ironie est la marque de fabrique de Pessoa).

Caeiro exhale un paganisme sans mélange. Son disciple note parfois sa « sensation charnelle » de n'être « plus en train de discuter avec un autre homme, mais avec un autre monde[17] ». Pour lui, le maître n'est rien de plus qu'une de ses sensations. Jamais le disciple ne surmontera le choc que la formule a produite dans son âme. Il ne l'en tient pas moins pour un simple rayon de soleil qui l'illumine sans aucune intention. Fernando Pessoa, qui vit davantage dans les idées qu'en lui-même, prend part à la *conversazione*. En vain cherche-t-il à faire entrer l'objectivisme agnostique de Caeiro dans une catégorie, d'en faire une sorte de kantisme personnel. Ses efforts vont au cœur de la condition de disciple :

> Cette conversation est restée gravée dans mon âme, je crois l'avoir reproduite avec une précision proche de la tachygraphie, sans l'aide de la tachygraphie. J'ai une mémoire intense et claire qui est l'une des caractéristiques de certains types de folie. Mais cette discussion eut de fait un résultat. Elle fut inconséquente, sans aucun doute, comme toutes les discussions, et il serait facile de prouver à l'aune d'une logique rigoureuse que seul celui qui n'a pas parlé ne s'est pas contredit. Dans les affirmations et les réponses de mon maître Caeiro, intéressantes comme toujours, un esprit philosophique pourrait détecter des éléments appartenant en fait à des systèmes discordants. Mais alors même que je formule cette concession, je n'y crois pas. Il fallait que Caeiro voie juste et qu'il ait raison, même sur les points où il avait tort[18].

La profession de foi de Campos s'accompagne d'une intuition : « éprouv[er] physiquement la fréquentation de son esprit », d'un esprit magistral, est un privilège qui n'est pas donné à tout le monde. Seuls des privilégiés peuvent faire le voyage de Rome en sachant que la ville les laissera transformés. « Aucun homme inférieur ne peut avoir de maître car le maître ne trouve en lui rien qui le rende tel. » La capacité de se laisser hypnotiser distingue les personnalités fortes, qui gardent leur individualité intacte après être passées entre les mains du maître. Chaque cas est particulier : *via* Caeiro, Ricardo Reis devient « un poète, organiquement », une métamorphose qui lui permet de changer de sexe ! Antonio Mora, « indécis comme tous les forts », acquiert une âme. Caché dans le sillage de Caeiro, il produit des merveilles d'originalité et de pensée spéculative. Pour Alvaro de Campos, la rencontre s'est révélée séminale : « Et depuis lors, pour le meilleur ou pour le pire, je n'ai cessé d'être moi-même. »

Le plus troublant reste Pessoa sur « Pessoa ». Ayant connu Caeiro le 8 mars 1914, l'ayant entendu réciter ses propres vers, « Pessoa » rentra chez lui, fébrile, pour composer six poèmes d'un seul trait de plume. La fièvre qui le possède est exactement « celle avec laquelle il est né » (il y a toute une anatomie de la création dans cette observation). Mais l'œuvre est sans conteste le fruit du choc spirituel subi quelques instants après la rencontre en entendant le maître. L'énigme de l'autonomie dans la condition du disciple produit l'excellence : engendrée par Caeiro, elle est entièrement celle de « Pessoa ». Ainsi cette « véritable photographie de son âme » est-elle aussi un insondable fac-similé de l'état de disciple. « Vive mon maître Caeiro[19] ! »

La satire est réticente et envahissante. Pessoa baignait dans les cultes à mystère (culte astral, théosophique, néopaïen, kabbalistique, rosicrucien) qui foisonnaient au tournant du siècle. Comme Yeats, Stefan George, Georges Bataille, les surréalistes, il subit l'attirance des cénacles ésotériques. Mais il regardait de travers sa propre fascination, s'en méfiait. Le fameux sourire triste avec lequel il s'épiait. Ce qui fait mal, chez ce magicien de la solitude, c'est une soif du dialogue, des risques partagés de la sensibilité et de l'intelligence dans l'esprit socratique. D'où la tendresse pénétrante, le pathétique empreint d'ironie des diagnostics sur l'état de maître et de disciple. Fernando Pessoa y reviendra dans son monumental *Faust*.

★

Les ateliers, les leçons de maître marquent toute l'histoire de la musique et des arts. Ils remontent à l'Antiquité et ont inspiré leurs légendes et leur propre iconographie secondaire. Les peintures et les eaux-fortes, souvent satiriques, des cours de modèle vivant, des classes de composition à l'académie ou au conservatoire, abondent. Balzac, Zola, Du Maurier, Thomas Mann traitent ce thème. Bien plus souvent que nous ne le mesurons parfois, l'art classique est collectif ; de nombreuses mains ont aidé le maître. La comédie de l'apprentissage et de la répétition chorale est étincelante dans le *Cellini* de Berlioz et les *Meistersinger* de Wagner. Tous les éléments qui nous occupent, la fidélité extatique, la rivalité mutuelle, la subversion et la trahison, sont à portée de main.

Le cas de la littérature est moins clair. La rhétorique, les techniques de la composition poétique et de la présentation s'enseignent dans tout le monde antique. Les pédagogues de l'éloquence fleurissent à Rome, à Alexandrie et dans l'Espagne de Sénèque. À Byzance, la littérature s'apprend ; c'est dire qu'elle est « savante ». Mais le parallèle avec l'atelier du peintre ou le cours de composition musicale n'est pas exact. La part d'imagination, les disciplines de l'expression des sentiments qui se traduisent en un texte littéraire sont rarement formalisées, ou ne le sont que tardivement dans l'histoire de la littérature. L'orientation didactique, le conseil exemplaire usent de procédés contingents. Ceux-ci sont le fruit du charisme et d'un milieu plus ou moins professionnel : la « tribu » de Ben Jonson, la secourable souveraineté d'un Dryden au café, le magistère du Dr. Johnson au Club, Mallarmé au thé. L'instruction réelle est difficile à attester. Les matériaux vérifiables remontent à la fin du XIXe siècle. Le *magisterium* en matière de création littéraire fait son entrée en fanfare avec l'adoption spirituelle du jeune Maupassant par Flaubert.

L'apprentissage du premier coïncide avec les batailles de son aîné contre la solitude et la dépression après la catastrophe de 1871. Sous la houlette de Flaubert, Maupassant passe à la prose. Lui-même a témoigné de l'intensité de cette relation de maître à disciple au milieu des années 1870. « Le maître lisait tout » ce que lui soumettait le disciple et le critiquait par le menu. Les détails infimes alternaient avec les grands idéaux : « La moindre chose contient un peu d'inconnu. Trouvons-le. Pour décrire un feu qui flambe et un arbre dans une plaine, demeurons en face de ce feu et de cet arbre jusqu'à ce qu'ils ne ressemblent plus, pour nous, à aucun autre arbre et à aucun autre feu. » Deux grains de sable ne sont jamais identiques. « Quelle que soit la chose qu'on veut dire, il n'y a qu'un mot pour l'exprimer, qu'un verbe pour l'animer et qu'un adjectif pour la qualifier[20]. » Le style, enseignait Flaubert, est infinie spécificité. Et dans une lettre du 23 juillet 1876 : « Un homme qui s'est institué artiste n'a plus le droit de vivre comme les autres. » Suivant le mot de Francis Steegmuller, le programme conçu par Flaubert, « irréprochable Maître », était une « serre, une pépinière de génie ». Réciproquement, Flaubert mit son disciple à contribution alors qu'il peinait sur la topographie ironisée de *Bouvard et Pécuchet.*

Les deux hommes s'étaient connus en septembre 1867. L'épiphanie survint peu avant la mort soudaine de Flaubert. C'est l'un des midis de notre étude. Maupassant lui avait adressé *Boule de suif.* La reconnaissance de Flaubert fut instantanée : « Cela est d'un maître. » Et au milieu d'une phrase, sans doute inconsciemment, l'octroi de la parité intime, ce « tu » qu'il ne lui avait encore jamais accordé. La consécration est appuyée : « Non ! vraiment, je suis content ! » Comme si, pressentant sa fin prochaine, Flaubert passait le relais : « Tu as raison de m'aimer, car ton vieux te chérit. » Le 25 mai 1880, peu après la mort de Flaubert, Maupassant écrit à Tourgueniev pour évoquer la présence constante du maître, une voix que rien ne saurait réduire au silence.

L'intransigeante maîtrise de Flaubert était l'icône déclarée des leçons particulières qu'Ezra Pound (« Flaubert était sa Pénélope ») donna à T. S. Eliot et dont Hemingway fit brièvement l'expérience entre les mains de Gertrude Stein. Mais il fallait la foi américaine dans les droits de tous à être doués, dans la possibilité d'enseigner l'inspiration, pour que ces actes d'instruction individuels soient institutionnalisés. C'est à la fin des années 1930 que Paul Engle lança ses Ateliers d'écriture à l'université de l'Iowa. Les cours d'« écriture créative », les séminaires, les écoles d'été, les programmes d'étude à domicile sont désormais une industrie internationale, même si la domination anglo-américaine persiste. Les questions posées sont plus irréductibles qu'on veut bien le reconnaître parfois. Que serait une « écriture non créative » ?

L'effort partagé pour produire de la poésie, de la fiction ou du théâtre de valeur a-t-il sa place naturelle dans les études universitaires ? Auden fut le premier à prévenir des possibles effets délétères sur l'indépendance de l'instructeur, de l'inévitable artifice de la situation, tant formellement que psychologiquement. Les critères mesurables, « examinables », d'une œuvre d'art ou d'un morceau de musique ne correspondent pas, ou uniquement au sens le plus superficiel, à ceux de l'écriture. Dans leur expression la plus honnête, les cours d'écriture créatrice sont des manières de soulager la solitude, des occasions de s'entendre dans d'autres voix. En revanche, la tactique de la publication éventuelle, du lancement sur le marché, peuvent s'enseigner. « Cet auteur se vend bien ? » demande la vieille Mrs Stocker à son mentor idéaliste, dans la nouvelle désenchantée de Lionel Trilling « La leçon et le secret » (1945). Sinon, qu'attendre de lui ?

Inévitablement, les ateliers d'écriture ont engendré un genre parasitaire propre. Le désordre infantile du « politiquement correct » peut susciter un alignement sombre ou hystérique. Aucune pédagogie n'est davantage chargée de potentiel érotique que celle du barde de campus et de ses ouailles. Dans la soumission de son imaginaire intime à l'examen attentif et voyeuriste du critique entre une part de nudité inévitable. Comment exclure la sexualité, désormais banalisée en « harcèlement sexuel », qui en est la forme politique parodique ? Alcibiade envers Socrate, Héloïse pour Abélard, Michel-Ange pour Cavalieri, Hannah Arendt et Heidegger. *The Dying Animal*, de Philip Roth, a toute la verve caustique qui caractérise ses *americana*. Le maître vieillissant et sa jeune étudiante « vivent le chaos d'éros ». Dans un premier temps, leurs ébats amoureux sont trop fougueux. Elle était beaucoup trop soucieuse d'impressionner son professeur. L'essentiel est le sexe oral, « la pipe dans la bibliothèque est la messe noire du campus ». La fellation est l'allégorie de l'enseignement et de la réception, de la maîtrise et de l'apprentissage : « Voici une génération d'ahurissantes fellatrices. » Symbolisée par la vulgarité crue de Philip Roth, la « passion en vase clos du tabou professeur-étudiante » est l'unique «vengeance sur la mort» accessible au maître. Peut-être le didactisme est-il, finalement, la destinée de tout auteur. L'homoérotisme du *only connect* d'E. M. Forster[21] était plus prudent, mais non moins implicite. Dans «The Instructor», de Joyce Carol Oates, le lien se fait meurtrier.

Quel chemin parcouru depuis la *cortesia* de Ser Brunetto.

CHAPITRE III

Magnificus

L'élan iambique de Marlowe électrise l'abstraction. Les propositions théologiques et métaphysiques de Faust n'ont pas moins de nerf que les délires d'empire de Tamburlaine ou la démence vindicative de Barabbas le Juif. L'intellectualité incandescente de Christopher Marlowe envoûta ses contemporains. Il avait « en lui ces braves choses translunaires », fit observer Michael Drayton. Longtemps après, Coleridge le tint pour « l'esprit le plus *réfléchi* et philosophique » des dramaturges élisabéthains. Avec Milton et George Eliot, Marlowe demeure le plus académique de nos grands écrivains, le plus à l'aise dans la mystérieuse lueur du savoir. Il avait séjourné six ans et demi durant à Cambridge, dans une décennie de controverse théologique et épistémologique véhémente. Dans son art, la citation était une seconde nature. Le monologue d'ouverture du *Faust* cite Aristote, Justinien, saint Jérôme. Suivent frère Bacon et Albert le Grand. Avec une ironie flétrissante, un vers des *Amours* d'Ovide définit l'horreur de Faust devant le temps qui passe. Son épitaphe lui vient d'un poème de Thomas Churchyard, « La Femme de la côte » : « *And bent the wand that might have grown full straight* », « et ploya la baguette qui aurait pu pousser droit ». Marlowe est aussi fin helléniste que Shelley, mais plus expert que ce dernier dans les sonorités du latin de l'âge d'Auguste et des Pères de l'Église. Ses tergiversations astronomiques, entre Ptolémée et Copernic, sont des plus subtiles. La finesse allusive, le flash cérébral de sa rhétorique et de ses aphorismes étaient légendaires. La charge physique dans le discours technique et spéculatif demeure, de manière presque unique, sienne. John Donne est d'une mèche comparable, quoique plus sèche.

L'heure était privilégiée. À la fin du Moyen Âge, les cartographies du monde étaient immobiles à grand pas dans le prologue de la Renaissance à la modernité. Aucune période ne dépasse la fin du XVIe et l'aube du XVIIe siècle dans la «coïncidence des contraires», la tension dialectique. La foi et la réforme se dérouillent face à un athéisme plus ou moins clandestin (Marlowe appartient à l'école de la Nuit de Ralegh, *schola frequens de atheismo*) ; l'astronomie se fraie un chemin à travers l'astrologie ; la minéralogie fait ses premiers pas à partir de la géomancie ; l'alchimie engendre la chimie ; l'étude des miroirs et des aimants est indissociable de la nécromancie ; la zone grise qui sépare la magie blanche de la noire est un banc d'essai ; l'hermétisme et la Kabbale inspirent la recherche mathématique. Comment dissocier l'ésotérique du systématique et du scientifique chez John Dee, chez Thomas Harriot, connu comme le maître du cénacle de Ralegh ?

Ces tensions embrasent les universités. Voyez l'iconographie de la salle de cours, du séminaire au musée d'Art médiéval de Bologne. Le drame et la *commedia* de l'académique y sont tangibles, jusque dans la peinture des étudiants assoupis pendant le cours. Giordano Bruno, le Hamlet de Shakespeare, le Faust de Marlowe vont à Wittenberg (comme Luther). Copernic et Faust partagent une cour, qui existe toujours, à l'Université jagellonienne de Cracovie. L'étude se poursuit par-delà la mort : «Que mon spectre soit avec les vieux philosophes !»

La démesure, les défis lancés aux dieux, les tentatives, même violentes, pour s'approprier les forces secrètes de la nature, comme le vent et le feu, étaient un héritage antique. Faust met à contribution les icônes traditionnelles quand il invoque Prométhée et Icare. Prévalait également, souligné par le calvinisme, l'axiome suivant lequel un appétit de savoir débridé — osera-t-on parler de «luxure» ? —, la *libido sciendi*, avait provoqué la chute d'Adam. L'arbre de la connaissance portait des fruits empoisonnés. Ce qui était profondément inédit, c'était l'intuition qu'une peine irréductible s'attache à toute acquisition du savoir, fût-elle la plus illustre, la plus défendable moralement. Comme souvent, le geste décisif vint de Giordano Bruno. Dans son *Oratio valedictoria* adressée à Wittenberg (1588?), Bruno choisit pour devise le verset 1, 18 de l'Ecclésiaste (le rôle du Qohélet comme amorce du nouvel état d'esprit reste à étudier) : « Qui accroît le savoir, accroît la peine. » Cette *tristitia* antiplatonicienne, antihumaniste, devait être combattue. Peut-être influencé par Plotin, l'énigmatique *Hymnus in noctem* de George Chapman ordonne à son âme ambitieuse de « chanter la terre entière dans mes tortures ». Mais la découverte de la teneur tragique de la recherche théorique et spéculative, qui culminera avec Pascal, était irrévocable. Elle a jailli du choc de deux infinis. « L'acte de la volonté est infini », enseignait Bruno dans ses *Fureurs héroïques* de 1585. Mais le champ du savoir l'est aussi. Ni la volonté humaine ni l'exploration systématique ne peuvent atteindre les mystères ultimes ou accéder à une compréhension totale des phénomènes naturels. La frustration est inscrite dans la raison. D'où, comme dit M. C. Bradbrook, le sinistre paradoxe suivant lequel Faust n'accède à la certitude que dans la damnation.

La nébuleuse de légendes qui se propagent avec une mystérieuse rapidité entre 1507 et les années 1540 a sans doute eu un noyau biographique : un certain Johannes Fust, associé à la diabolique invention de l'imprimerie. Les versions pour théâtre de marionnettes se répandirent à travers l'Allemagne et l'Europe centrale. L'*Historia von D. Johann Fausten* est en vente à Francfort en 1587. L'*Urfaustbuch* de Spiess fut traduit en anglais avec des élaborations de toutes sortes. Il y a des solutions de continuité, mais elles ne pouvaient échapper à la vivacité d'esprit de Marlowe. Sa pièce, dont nous possédons deux versions textuellement problématiques, existait très certainement dès 1589. Des spécialistes contestent la paternité d'intrigues secondaires et d'une prose qui tournent à la farce. Thomas Nashe, Samuel Rowley? C'est

Marlowe, comme l'observa un Goethe admiratif, qui perçut l'immensité du thème et sa portée psychologique et dramatique. Voici une tragédie de l'esprit humain, un drame, voire un mélodrame de l'intelligence. D'Aristophane et Lucain jusqu'à Rabelais, les satires du pédantisme et des prétentions mandarinales n'avaient pas manqué. Elles prennent quelque âpreté chez Bruno. Sorcellerie et occultisme avaient leur place dans les pièces, les ballades et les livres de colportage. Marlowe compose une passion de l'esprit, un *thriller* métaphysique aussi tendu et effrayant que du Dostoïevski. Mais que son invention est peu shakespearienne ! Comme le personnage de Prospéro paraît guindé au côté de Faust !

Les sorciers ont des apprentis, les maîtres ont des disciples. Un *ordinarius* ou un professeur aura des assistants. L'accouplement, si prodigue en occasions de parodie et de contrepoint, est propre à la hiérarchie universitaire comme au laboratoire de l'alchimiste. Où il y a un *magister*, rôde un *famulus* (le mot « familier » connote à la fois l'intimité et le service démoniaque). Les angoisses de Faust sont inséparables du rôle de Wagner, lors même qu'il tient des arlequinades. Peut-être le Wagner de Marlowe récitait-il le prologue et faisait-il partie du chœur.

Les accessoires académiques sont en place. Troublés par la rumeur suivant laquelle Faust se mêlerait d'un « art damné », ses *schollers*, ses étudiants, vont voir le recteur de l'Université. Le maître en appelle à Méphistophélès ; dans un parallèle grotesque, Wagner menace de conjurer de petits démons. Car lui aussi aspire au titre de *Meister* et aurait droit à des attentions surnaturelles. Entre Faust et ses disciples, prévaut une relation de souveraine largesse. Il leur permet d'entrevoir l'incomparable Hélène quand « le prince Pâris prit la mer avec elle[1] ». C'est en compagnie de ses étudiants que Faust affronte son minuit. Son « Ah Messieurs ! » aurait-il inspiré le « Ah Soldat » de Charmian dans *Antoine et Cléopâtre* ? Marlowe suggère une touchante intimité : « Ah, doux frères de chambrée, que n'ai-je vécu près de vous[2] ! » Comme souvent dans son idiome, homoérotisme et intelligence se rejoignent. Péchant contre l'Esprit-Saint, le maître expose sa théologie sans espoir. Le Serpent peut être pardonné, mais pas Faust. Entre les lignes perce une funeste arrogance, un sentiment de fair-play : le Dieu qu'il a abjuré serait-il un Dieu juste s'il pardonnait maintenant à Faust ? Pareil pardon ne dépasserait-il pas ses pouvoirs ? (De l'avis de certains théologiens et scolastiques, Dieu le Père était *incapable* de pardonner à Judas.) La densité des implications théologiques et métaphysiques, avec leur insistance augustinienne sur le péché comme ténèbre de l'âme, n'a pas de pareille dans le drame anglais.

Pas plus que les adieux. Faust à ses étudiants : « Ne parlez plus de moi. C'est vous qu'il faut sauver. Partez. » Il y a de la sollicitude et de l'humanité dans cette injonction. Mais aussi de l'embarras. Marlowe note avec acuité la force anormale de la honte, fût-ce en face d'une terreur indicible. Le maître rechigne à laisser ses disciples assister à la bestialité de sa fin, au déchirement littéral de sa personne naguère magistrale. L'entrée en Enfer ne va pas sans vanité. Les étudiants sont autorisés à prier pour leur maître, mais « quelque bruit que vous entendiez, ne venez surtout pas. Rien ne peut me sauver ». (Au bord du cratère, Empédocle ordonna à son plus proche disciple de le laisser seul.) Une horreur insouciante préside à la séparation : « Adieu, messieurs. Au matin, si je vis encore, je viens vous voir. Sinon, c'est que Faust s'en est allé. En Enfer[3] ! » Les élisabéthains savaient l'art de jouer de la mort à leur avantage.

Faust est seul avec son savoir. Il rappelle Ovide, cite la réconfortante doctrine pythagoricienne de la métempsycose. Le pédantisme est sa dernière ressource. Et le voici qui recourt aussi à la dérision : « Mes livres, je les brûle ! » (Faust est au feu ce que Prospéro est à l'eau). Mais ce n'est pas cet autodafé, ce suicide d'un savant, qui condense la tragédie : « Brûlé le beau rameau du laurier d'Apollon / Qui poussait naguère en cet homme des sciences[4] ! » La concision de Marlowe est spacieuse : le dieu de la Musique et de la Poésie a couronné la science et le goût philosophique. Tout du long, le maître de l'érudition et de la curiosité a été proche des

Muses. Wittgenstein hasardera que la philosophie s'exprimerait sans doute mieux sous la forme de la poésie.

Des nombreuses versions de Faust à l'Opéra, c'est le *Doktor Faust* de Ferruccio Busoni, demeuré inachevé et joué pour la première fois en 1925, qui s'approche au plus près de la vision démoniaque de Marlowe (son unique rivale pourrait être la mise en scène *verbatim* de l'*Historia* par Schnittke, un demi-siècle plus tard). Busoni lui même fut un maître éminent, dont les cours particuliers, à Berlin, étaient légendaires. Son Faust est le *Rektor Magnificus* de Wittenberg. Un cœur menaçant de trois savants de Cracovie lui offre le livre de la magie noire. Wagner est l'honorable assistant du maître, envers lequel il fait montre d'une humilité onctueuse dans le style teutonique de rigueur. Une ironie macabre inspire le finale. Nuitamment, Wagner parade dans la rue enneigée. C'est maintenant lui, le *Rektor*, que les étudiants acclament comme *Magnifizenz*. Sa leçon inaugurale a été « incomparable » : « *cum perfectione !* » L'ancien *famulus* de Faust est désormais *Christopherus Wagnerus*, qui possède la puissance et la sagesse académiques. « *Gratulor, gratulor, gratulor !* » scandent les étudiants assemblés dans une parodie des hymnes académiques allemands. Le *Rektor* condescend. Après tout, son prédécesseur était-il autre chose qu'*ein Phantast*, un rêveur aux idées confuses dont la prétendue science était malsaine ? Dont la vie s'est terminée dans un scandale mérité. La musique suinte la satisfaction et la trahison. Les voix estudiantines s'éteignent tandis qu'ils souhaitent bonne nuit au *Magnifizenz*.

Entre un Faust moribond. Il reconnaît la demeure. « Voici ton siège, Pédant, tu prends tes aises et t'imagines un trône plus élevé que celui de Faust. » Méphistophélès apparaît vêtu en veilleur de nuit. Tandis que tombe la neige, sa lanterne éclaire la malheureuse carcasse de Faust : « Est-il arrivé un malheur à cet homme ? » Sa place sera en Enfer. La lecture que fait Busoni de l'ascension de Wagner compte parmi les plus chargées de notre histoire.

Le mépris de Goethe pour l'université était notoire. « Qui peut fait. Qui ne peut enseigne. » Et des plaisantins modernes de renchérir : « Qui ne peut enseigner professe dans des écoles de formation. » Goethe n'avait-il pas apporté de souveraines contributions à presque toutes les disciplines, de la botanique, de la zoologie, de la minéralogie et de l'anatomie comparée à l'esthétique philosophique, de la théorie de la lumière et de la numismatique à l'art de gouverner ? Qu'était la prose méritoire mais poussiéreuse de Kant en comparaison de la sienne ? Dans l'imbroglio autour de la chaire avortée de Fichte à Iéna, Goethe avait eu l'expérience directe de la rancœur, de la mesquine violence des disputes universitaires. Il savait quelle avait été l'aigreur des nullités professorales face au rayonnement d'un Schiller en sa qualité de professeur et d'historien.

D'où la profusion de la satire antiacadémique, des moqueries de l'enseignement dans les deux parties du *Faust*, lesquelles sont par ailleurs sous-tendues par une intuition morphologique caractéristique de Goethe. Dans l'accouplement de Faust et de Wagner, il perçut cet archétype du dédoublement que nous trouvons aussi chez Don Quichotte et Sancho Pança, Don Juan et Leporello, Sherlock Holmes et le Dr. Watson — jumelage contrasté dont on trouve un reflet dans celui du grand maigre et du petit gros mieux connu des petits Français par la parabole de *Patapoufs et Filifers*[5]. Ainsi la dialectique des maîtres et des disciples, du recteur et du *famulus* a-t-elle sa physique.

Le choix, en négation du platonisme, est entre la « vie » et la poursuite désintéressée, kantienne, de la pensée pure. Dans ses « Funérailles d'un grammairien », Browning l'a exprimé de manière mémorable :

> C'est notre maître, fameux, calme et mort
> Porté sur nos épaules.
> [...]
> Voici le sommet ! Que la multitude en bas
> Vive, car elle le peut là.
> Cet homme décida de ne point Vivre, mais de Savoir[6].
> [...]

Ayant survolé les grands domaines au programme, philosophie, droit, médecine, théologie, Faust les juge arides. La nécromancie ouvrira grandes les portes de la vitalité extatique : le midi sur des sommets qui, précisément, ne sont pas ceux du grammairien desséché, mais ceux de Zarathoustra. Goethe rend avec malice l'obséquieuse malice de Wagner. Le couplet devenu proverbial : « Se promener en votre compagnie, docteur, est un honneur et un profit[7]. » La célébrité du maître, la révérence qui lui est prodiguée, ravissent son disciple. Mais l'œil d'aigle de Faust échappe à Wagner. Il n'aspire, quant à lui, qu'à voler « de livre en livre, de page en page ». Son nirvana est une chambre de pédagogue bien chauffée un soir d'hiver. C'est alors que le barbet noir de l'Enfer entre en frétillant.

Méphistophélès donne l'impression d'avoir lu le traité de Kant sur *Le Conflit des facultés*. Vêtu comme un professeur du manteau même de Faust, il reçoit un novice frémissant. Quelle est la voie du Parnasse ? D'abord le *Collegium logicum* et sa toile dont dérivent toutes les sciences. Tel est le mystérieux idiome du prétendant au magistère que la tête de l'étudiant pivote aussitôt comme une meule. Peut-être la faculté de droit serait-elle préférable ? Uniquement, conseille le diable, si l'on s'accroche à un seul maître, à une autorité dans le babil des voix éminentes mais contradictoires. C'est la médecine qui apporte les récompenses les plus sûres. Et il y a toujours la métaphysique dont les théologiens dicteront leurs leçons comme le ferait l'Esprit-Saint. Et retentit enfin le credo de Goethe : « Grise, cher ami, est toute théorie / Et vert l'arbre d'or de la Vie[8]. » Quand l'écolier s'en est allé, Méphistophélès retrouve son style savoureux. Assez des toiles d'araignée de l'enseignement supérieur.

Dans le *Second Faust*, le novice tremblant est devenu un *Baccalaureus* arrogant et rebelle. Son ancien oracle lui fait maintenant l'impression d'un vieil homme rongé des mites. Il a étudié en pure perte. Tous les droits appartiennent à la jeunesse, à son vol icarien, à sa création de nouveaux mondes. Comment Goethe, qui préférait l'injustice au désordre, anticipa-t-il les slogans de 1968, des enfants-fleurs et des anarchistes du *New Age*? Quiconque a plus de trente ans, proclame le Bachelier, serait bien avisé de débarrasser le plancher. La déférence du disciple est tombée en poussière.

Ce n'est pas, cependant, du côté de Wittenberg qu'il faut chercher l'éducation authentique. L'épisode de Chiron, dans le *Second Faust*, compte parmi les plus énigmatiques. Les sabots volants du Centaure résonnent dans l'ensorcellement de la classique *Walpurgisnacht*. Mi-animal mi-homme, Chiron incarne la sagesse quand elle est énergie, l'ordre naturel quand il se ramifie, dans sa dangereuse beauté, en humain. Faust embrasse cette symbiose de la puissance spirituelle et physique, une symbiose qui permet à Chiron d'appliquer les agents guérisseurs de substances organiques. Il est le « noble Pédagogue » par excellence. Ses élèves forment une constellation à nulle autre pareille : Chiron a enseigné à Orphée, à Jason et aux Argonautes, à Hercule et à Asclépios, le père de la médecine. Il a porté le petit Achille sur son dos. Longtemps après Goethe, le salut de Faust garde sa résonance troublante : Chiron a éduqué « pour sa gloire un *Heldenvolk* », un « peuple de héros[9] ». Quelle « Magnificence » scolastique supporterait la comparaison avec celle du Centaure?

La carrière de Goethe compte une note en bas de page qui ne laisse pas d'intriguer. L'Olympien fut chagrin de la négligence, à ses yeux malveillante, de ses *Farbenlehre* — de cette critique fourvoyée mais fascinante de l'optique newtonienne. Un jeune philosophe vint lui offrir ses services. Il serait le champion de la théorie de Goethe et propagerait son exposé. Le brio de son disciple, son évidente dévotion enchantèrent Goethe. Il lui accorda une douzaine de leçons particulières, *privatissime*, comme on dit dans le jargon académique allemand. Mais le disciple se mit à douter. Réexaminant l'explication goethéenne du prisme, il en découvrit les failles. Et il se surprit en train de composer une réfutation. Goethe ne pardonna jamais sa trahison à Schopenhauer.

Le torse volumineux du *Faust* de Pessoa ne fait qu'une seule allusion à notre thème, mais de manière poignante. « Ô maître », dit le disciple à Faust quand le magicien confesse son horreur de la mort. Faust regrette son indiscrétion et prie Vincent d'oublier ce qu'il lui a confié : « J'étais en mon âme seulement avec moi / Et parlais avec moi tout en te répondant[10]. » La mine fébrile de Faust terrifie Vincent. Il ne peut comprendre la révélation que lui fait Faust, que le monde n'est qu'un rêve dans un rêve dont les rêveurs sont aussi les rêvés. Il ne perçoit que vaguement les titres de Faust aux privilèges exposés du génie. Faust promet de voir son disciple plus tard. Dans notre texte, il n'est pas de seconde rencontre.

Aucune semblable terreur n'empiète sur les ironies tranchantes du *« Mon Faust »* de Valéry, sa dernière œuvre, publiée en 1946 à titre posthume. L'assistante, cette fois, est une « demoiselle de cristal » dont le nom, Lust, connote à la fois le désir et la réjouissance. Le maître dicte à sa *famula*. Sa vaine-gloire nerveuse excite ses taquineries dévouées. Méphistophélès se révèle à un aspirant disciple : « Je suis Professeur d'Existence[11] ! » L'acolyte serait aussi grand que Faust, mais le prince des ténèbres lui révèle l'incommensurabilité du savoir, « l'édifice monumental de l'ILLISIBLE... ». « Tous ces morts à tuer... », se plaint le disciple. Mais ils sont déjà morts comme la poussière, le console Méphistophélès. Lui-même est robustement illettré : « De mon temps, on ne savait pas lire. On devinait. Donc, on savait tout. »

Le disciple affligé confesse à Lust : « Mais je vous dis que je lui apportais ma foi, mon espérance, mon désir passionné de lui faire sentir tout ce que son génie avait créé de beau dans un jeune homme... Après tout, n'étais-je pas une œuvre, moi aussi, une de ses œuvres ?... » Lust tente de justifier la « tendresse mystérieuse » du maître, mais le disciple se rebelle. La Bibliothèque infinie le glace. « Ce Faust qui m'a déçu, blessé, remis à rien[12]... »

Mais tous les disciples n'essuieront pas une défaite.

*

Quel romancier aurait osé l'inventer ? D'une lignée princière du Danemark, linguiste classique et moderne virtuose (sachant aussi un peu d'hébreu), alchimiste et astrologue, architecte et inventeur d'instruments astronomiques compliqués, observateur inégalé des mouvements planétaires, premier à avoir nommé et situé une nova (1572), auteur d'un modèle du système solaire intermédiaire entre Ptolémée et Copernic, seigneur magnifiquement colérique, affublé d'un nez en or remplaçant le sien, charcuté dans un duel. Tycho Brahe domina son monde tel un colosse, parcourant l'Europe de cour royale en cour royale, d'université en université, sans oublier Wittenberg. C'est en février 1600 que l'astronome et guide ès choses occultes de l'empereur Rodolphe accueillit dans son château de Bohême un professeur de mathématiques de Graz désargenté, pratiquement inconnu et à la vue usée. Johannes Kepler se comparait lui-même à un «petit toutou» qui s'accroche perpétuellement aux basques d'un autre, «imitant ses pensées et ses actions. Il est méchant et mord les gens de ses sarcasmes [...], mais ses maîtres l'aiment bien». (Le barbet du Dr. Faust?)

Pénétrant dans l'opulente demeure de Brahe, Kepler espère être non pas découragé, mais instruit. Par-dessus tout, il brûle de prendre connaissance des observations de Tycho Brahe sur les configurations célestes. N'avait-il pas lui-même observé que les intervalles d'un accord de *do* majeur étaient proches des intervalles spatiaux entre les planètes dans un modèle des cieux polyédriques et, en définitive, pythagoricien? Secrètement, Kepler ruminait déjà des doutes quant au «système patchwork» de son protecteur. Peut-être Tycho lui-même, en son for intérieur, partageait-il ses doutes depuis sa quête de la parallaxe diurne de mars 1584. Les augures étaient sombres.

Kepler était venu en collègue. Il se retrouva *domesticus*, écarté du trésor des observations de Tycho. Parfaitement conscient des capacités mathématiques de Kepler, Tycho avait le sentiment que son assistant était un copernicien discret, mais convaincu. Comme dit K. Ferguson dans sa pénétrante lecture, il hébergeait un «enfant de fées doué de capacités mentales immenses». À l'encontre de ses propres inclinations, Kepler s'attachait à une explication physique et géométrique des mouvements planétaires. Les deux hommes étaient au bord de la paranoïa. Dans le courant de l'automne 1601, dans l'un des moments les plus fertiles de l'histoire intellectuelle, Tycho remit sa destinée future entre les mains impatientes de Kepler. Le maître ouvrit à son *famulus* les portes de la horde jalousement gardée de ses tables astronomiques. Qui d'autre que lui pouvait tirer tout le parti du modèle de Tycho ? Bientôt, celui-ci se mourut. À l'agonie, sachant que trente-huit années de calculs exténuants lui glissaient entre les mains, Tycho Brahe adjura inlassablement : « Pourvu seulement que je n'aie pas vécu en vain. »

Johannes Kepler était maintenant mathématicien impérial. Secrètement, il conserva pour son usage personnel les observations de Tycho sur Mars. La monumentale *Astronomia nova* suivit, en 1609. Sa préface, du fidèle Tengnagel, *le* secrétaire de Tycho, continue de prôner le système de Brahe. En fait, Kepler l'avait emporté. L'avenir appartenait à Copernic, Kepler et Galilée. Une bonne partie de son œuvre, notamment dans l'*Ephemeris*, restait cependant fondé sur la table astrale de Tycho. Le maître et le disciple méritaient tous deux l'épitaphe que Kepler avait composée pour lui : « J'ai mesuré les cieux. »

Ce drame, qui se joua à Prague et dans ses environs, tourmenta Max Brod. Son *Tycho Brahes Weg zu Gott*[13] de 1916 est une fiction prolixe, mais émouvante. Passée « aux rayons X », elle offre un document à nul autre pareil. Une idée reçue veut que Brod, dans ce roman, traite de ses relations avec Franz Werfel. C'est, je crois, passer à côté de l'évidence.

L'amitié de Brod avec Kafka commença en 1903. Dans son autobiographie de 1960, qu'il faut dans doute manipuler avec soin, Brod parle de « contacts quotidiens », quasiment jusqu'au moment de la mort de Kafka, en juin 1924. « Les contradictions étaient fortes. En suite de cela, le heurt des deux âmes l'une contre l'autre était violent[14]. » Inlassablement, Brod et Kafka lisaient ensemble de la philosophie (Platon) et de la littérature (Flaubert). Par-dessus tout, ils se lisaient mutuellement, parfois en public. C'est à Kafka que Brod dédie son *Tycho Brahe*. Son dernier roman, *Mira*, renouera avec un thème qui l'obsède : celui du double victorieux, du « partageant » secret qui détruit son jumeau. Dans les mémoires de Brod, l'ambivalente générosité est transparente : « Où il [Kafka] se trouve, il domine, en vertu de ses qualités tout autant que par ses faiblesses. » Il était un être unique en ce qu'il « ne pouvait causer préjudice à aucune chose[15] ». Sur un plan intellectuel et littéraire, en revanche, leur intimité était celle d'égaux et leur profitait mutuellement : « Nous nous instruisions mutuellement. »

L'intentionnalité profonde, la formulation exacte des instructions que Kafka, mourant, donna à Brod demeurent controversées. La brume de la légende est épaisse. Nous n'aurons jamais de certitude indubitable. Il paraît cependant établi que Brod aurait eu la liberté, s'il n'y avait été pleinement autorisé ou s'il n'en avait reçu expressément la consigne, de détruire les romans et nouvelles inachevés et inédits de Kafka. Une petite poignée de fragments, seulement, était parue du vivant de Kafka. Nous avons Kafka — imaginons un instant ce que notre époque et la modernité seraient sans lui ! — parce que Brod a inlassablement œuvré afin de classer, mettre au propre et trouver des éditeurs pour les ouvrages et les journaux de Kafka. Y a-t-il jamais eu un autre acte de sauvetage posthume aussi significatif ? C'est, tout à la fois, un acte de morale suprême et d'autodestruction. Max Brod *devait* bien savoir l'impact qu'aurait Kafka sur son propre travail. Une cruelle anecdote survit : une nuit pluvieuse, Brod est en larmes dans la rue des orfèvres et des alchimistes, sous le château de Prague. Il croise un libraire bien connu :

« Pourquoi pleures-tu, Max ?

— Je viens d'apprendre la mort de Kafka.

— Oh, désolé, je sais l'estime que tu portais au jeune homme.

— Tu ne comprends pas. Il m'ordonne de brûler ses manuscrits.

— En ce cas, tu es tenu par l'honneur de le faire.

— Mais tu ne comprends pas. Franz était l'un des plus grands écrivains de langue allemande !

— Max, j'ai la solution, conclut l'autre après un temps de silence. Et si tu brûlais plutôt tes propres livres ? »

Lorsque Robert Bridges, lauréat condescendant, fit imprimer les poèmes excentriques de Gerard Manley Hopkins, il eut le sentiment d'accomplir un geste de bienveillance sans conséquence. Le cas Brod-Kafka ne saurait être plus différent. Avant sa propre mort, Brod s'était lui-même transformé en un genre d'auxiliaire respectable, mais fort peu lu, de Kafka. Jusqu'au bout, pourtant, il œuvra pour assurer la gloire universelle de Kafka et imposer son majestueux héritage. « La lettre K m'appartient », disait Kafka avec un humour un peu sombre. Dans le contexte praguois, elle avait aussi appartenu à Kepler. Devrait-on tendre l'oreille à la consonance carillonnante dans *Br*ahe et *Br*od ?

*

Je m'approche du centre de gravité de mon propos, et le sentiment de mon insuffisance m'engourdit. La stature des protagonistes malmène nos ressources intellectuelles et psychologiques. Il est déjà difficile de survoler la bibliographie, mais des éléments vitaux, voire décisifs, demeurent inaccessibles. Nous sommes tout à la fois trop près et trop loin des événements et de leur cadre désespérément compliqué. Il ne rime à rien de feindre le détachement. Les aspects historico-politiques des relations entre Edmund Husserl et Martin Heidegger sont inévitables. Les documents, pour autant que nous les possédions, ne sont pas moins repoussants que tragiques. Chaque mot, oserai-je dire chaque syllabe, des textes concernés — le *Rektoratsrede*, par exemple — a été interprété et réinterprété jusqu'au point de saturation. Dans son *Phenomenology and Desconstruction*, Robert Cumming consacre quatre tomes à une exégèse aussi idiosyncrasique que fouillée.

Mais le volume et le caractère polémique des commentaires, et des commentaires de commentaires (il existe désormais un imposant corpus « tertiaire »), ne sont pas seuls en cause : il y va de la fonction séminale de ces commentaires et controverses dans la genèse de la philosophie contemporaine. De Jaspers et Sartre à Levinas, Habermas et Derrida, l'existentialisme, la phénoménologie (voir Merleau-Ponty ou Granel), le poststructuralisme et la déconstruction peuvent se lire comme autant de *marginalia*, si formidables soient-ils en eux-mêmes, à la rencontre Husserl-Heidegger. Où, dans l'histoire de la philosophie occidentale — qu'entend-on ici par « histoire » ? nous interpelle Heidegger —, un cadre personnel, voire privé, a-t-il à ce point inspiré des modèles de pensée ? Et cela, face à l'insistance antibiographique, antipsychologique de Husserl comme de Heidegger sur la matrice objective, à certains égards anonyme, de leur œuvre. Un examen même très rapide, introductif (que Heidegger jugerait ignoble), suffit à mettre la puce à l'oreille. Mais il ne faut pas malmener rudement le sens commun, comme il est de bon ton dans le jargon opaque et l'essoufflement quasi liturgique d'une si grande partie de l'herméneutique hexagonale.

Élucider le cheminement de Heidegger est devenu une véritable industrie artisanale. La transcription des cours et des séminaires des semestres cruciaux de 1919 à 1927 n'est devenue que très progressivement accessible. À l'heure présente, la publication n'est pas encore exhaustive. Les tableaux que Heidegger brossa après coup des chemins qui le menèrent à *Sein und Zeit*, de ces sentiers forestiers qui débouchèrent sur la « clairière », appellent la plus extrême prudence. Le plus évident en apparence doit au mieux être considéré comme provisoire. Nous savons désormais le poids formateur de l'immersion du jeune Heidegger dans la théologie scolastique et le thomisme. Dans son tournant vers Luther et vers saint Paul, considéré comme sous-texte radical de Luther, bien des choses demeurent en filigrane. Le changement de cap, l'abandon de la théologie pour les études philosophiques et l'adoption du protestantisme furent capitaux mais, d'une certaine façon, masqués. La scolastique antérieure marqua toute l'ontologie heideggerienne d'une composante et d'un style « méta-théologique » envahissants. Des classiques de la théologie, saint Augustin sur le temps, Kierkegaard sur « crainte et tremblement », devaient produire des mouvements de fond dans l'enseignement de Heidegger. Ils s'entremêlent dans ce qu'il présenta lui-même comme la source du foyer de toute sa vie de philosophe : le traité de Brentano sur les diverses significations d'« être », de l'existentiel. Si Brentano le conduisit à une réévaluation absolument décisive d'Aristote, la primauté de celui-ci dans la scolastique y fut aussi pour quelque chose.

Même l'examen le plus minutieux, mot à mot, du premier Heidegger par des lecteurs comme Theodor J. Kisiel, Jean Beaufret et Robert Cumming *ne résout pas* l'essentiel : la naissance et le déploiement de la langue de Martin Heidegger. Presque dès le départ, et c'est ce « presque » qui réclame une détermination précise, l'idiome de Heidegger, sa syntaxe, ses néologismes, ses « traductions » du grec, la répétitivité marémotrice de sa rhétorique — car il s'agit bien de rhétorique — sont là. Sans doute y a-t-il des affinités avec l'expressionnisme allemand et les voix apocalyptiques de la décennie qui suit l'effondrement de 1918. Il n'est qu'à voir la première version du commentaire que donna Karl Barth de la Lettre aux Romains. Il est possible que Spengler rôde dans les parages (Heidegger lui consacre un cours en avril 1920). Mais cette parenté possible n'épuise pas le sujet. L'« énormité » de la *Sprachschöpfung* de Heidegger, de sa « création langagière », son « énormité » par l'originalité et par les dimensions comme, peut-on soutenir, par la monstruosité ne connaît qu'un précédent (dont Heidegger avait une conscience aiguë) : celui de Martin Luther. Un jour, peut-être, comprendrons-nous quels glissements tectoniques de la conscience, quelles crises affectant le sens du sens ont rendu possibles et nécessaires, à peu près à la même période, *Sein und Zeit*, *Finnegans Wake* et les exercices de Gertrude Stein.

C'est dans le courant de l'hiver 1919 que Heidegger arriva à Fribourg, pour devenir l'assistant du professeur Edmund Husserl, de trente ans son aîné. Ils s'étaient connus à la fin de 1917. Dès cette première rencontre, Husserl avait été profondément impressionné. Ce que Heidegger apportait alors avec lui, j'imagine, c'étaient les éléments de son idiome. Ce que l'on sait de ses séminaires et de ses cours sur les *Méditations* de Descartes, sur Augustin et le néoplatonisme, sur le *De anima* d'Aristote évoque l'effet fascinant, parfois « hypnotique », du discours parlé de Heidegger. Peut-être avait-il aussi intériorisé, déjà, des convictions rebelles sur le renversement complet des universités allemandes et l'instauration d'une nouvelle alliance entre la nation et le *Geist*. Dans le courant de l'été 1919, il parlait, dans ses cours, de la nature de l'université et des études académiques.

Dans le même temps, son opposition à l'orthodoxie néokantienne, qui dominait la philosophie allemande, et son dévouement à la phénoménologie de Husserl paraissaient marqués. Au début des années 1920, Heidegger donne des cours d'introduction à la phénoménologie, à la phénoménologie de la religion ou aux lectures phénoménologiques de l'*Éthique à Nicomaque* d'Aristote. À maintes reprises, le jeune assistant explique les écrits du maître sur les idées et ses recherches logiques. Dans le courant de l'hiver 1924-1925, Heidegger dirige encore des exercices sur les *Logische Untersuchungen* de Husserl.

Le maître, qui avait perdu un fils au cours de la Première Guerre mondiale, avait toute raison de croire avoir trouvé dans son brillant disciple un héritier spirituel et un futur champion. Bien qu'homme d'une réticence stoïque, à vrai dire rébarbative, et attaché comme jamais ne le fut Heidegger aux altières traditions et formes de magistère de l'académisme germanique, Husserl ne dissimulait pas son contentement. Déjà, il pressentait que ses peines, si prodigues, si obsessionnelles fussent-elles, n'y suffiraient pas. Des facettes capitales de sa phénoménologie, de ses ambitions de faire de la philosophie une science exacte, n'avaient pas encore abouti. La confiance de Husserl confinait à l'absolu. Quelles que fussent les difficultés, sa méthode phénoméno-*logique* jetterait les fondements inattaquables de la perception et de la compréhension du monde. Elle dissiperait le brouillard des présupposés théologiques et métaphysiques, auxquels même Kant n'avait su se soustraire. Elle balaierait ce « psychologisme », l'assimilation des actes mentaux et cognitifs à des états opaques de la conscience qui, d'après Husserl, paralysaient la philosophie. Incomplètes demeuraient également ses méditations opiniâtres sur le problème des relations interpersonnelles. Qui, mieux que Heidegger, pouvait reprendre le flambeau ?

Il est pratiquement impossible de circonscrire la dissension de Heidegger vis-à-vis de Husserl. Les idéaux scientifiques et méta-mathématiques lui étaient étrangers (la « science ne *pense* pas »). La vérité n'était pas une catégorie logique mais un mystère, celui du dévoilement dans la dissimulation *(alêtheia)*. Malgré ses prétentions à des actes de perception inconditionnés, neutres, la phénoménologie husserlienne succombait à des conventions métaphysiques usées et à la possibilité de régression à l'infini. Elle ne traite pas de la seule question que Heidegger juge digne d'être posée, « qu'est-ce que l'être » *(Sein/Seyn)* ? Elle ne laisse paraître aucune conscience de cet « oubli de l'être » qui a miné la pensée occidentale après la brève aurore présocratique et qui a même condamné un Nietzsche à la métaphysique. Husserl n'avait pas la moindre intuition sur la destinée et la mission historiques de l'homme *(Geschick)*, qui s'attache indissolublement à la distinction (la *différence* de Derrida) entre l'existence, l'étant et l'être. Il est aveugle au pivot ontologique du « néant » (*das Nicht ;* voir Sartre).

Tout à la joie de son intimité apparente avec Heidegger, Husserl ne pouvait avoir le moindre pressentiment de ces rejets. Il n'aurait pu deviner comment, dans des lettres privées à Jaspers, ce sale Heidegger le tournait grossièrement en dérision, lui et ses ouvrages. Une attention plus vigilante à certains cours de Heidegger aurait pu alerter le maître. Il observa, avec une pointe de tristesse, le charisme qui se dégageait de sa personne. Il remarqua que ses propres étudiants fondaient pour suivre les cours de son assistant. Sans doute eut-il vent de la rumeur, qui se propageait à travers les départements allemands de philosophie, qu'un certain Martin Heidegger, qui n'avait encore rien publié, devenait le « roi secret de la pensée » (la formule est de Hannah Arendt).

Peut-être une photographie dit-elle tout : le maître et le disciple se promenant à la campagne en 1921. Avec son feutre et sa canne, Husserl incarne le *Herr Ordinarius* vieillissant, dont l'ascendance juive se reconnaît presque au premier coup d'œil. Bras croisés, affublé comme un montagnard de la Forêt-Noire, le jeune *Assistent* paraît plongé dans quelque imposant monologue. Heidegger ne regarde pas Husserl, qui est, ne fût-ce que très légèrement, penché vers lui.

Extérieurement, la relation paraissait au beau fixe. Le soutien indéfectible de Husserl vaut à Heidegger son premier poste de professeur à Marbourg en 1923. Un avant-poste stellaire pour la phénoménologie, songeait Husserl. Ce qui existe de *Sein und Zeit* est prêt en avril 1926. Husserl recueille et publie le torse puissant dans son *Jahrbuch für Philosophie* de 1927. Il lui est dédié, « en témoignage de vénération et d'amitié ». Malgré les oppositions, Husserl accomplit son désir le plus cher : quand il se retirera, en 1928, Heidegger le remplacera à Fribourg. Cela semble être le zénith de leur collaboration. Le disciple doit tout au maître, sauf son génie. Puis les ombres s'accumulent : Heidegger critique âprement le projet d'article sur la phénoménologie que Husserl destine à la *Britannica*. Husserl se lance dans une lecture minutieuse du monstre. Ainsi que Heidegger le confie à Jaspers, il ne comprend pas encore qu'il est « écrit contre Husserl ». Mais, en suivant Husserl dans ses *marginalia* et ses annotations, on voit le choc s'amplifier. Dans un premier temps, il veut croire à un malentendu. Bientôt, cependant, il comprend que Heidegger a systématiquement rejeté ou ignoré des concepts aussi cruciaux que le moi transcendantal ou l'idée de la phénoménologie comme *Wissenschaft* rigoureuse. Inévitablement, la confiance et l'intimité se refroidissent.

D'origine juive, marié avec une Juive, le professeur émérite Husserl est interdit d'enseigner en 1933, même s'il lui est encore permis de donner des cours à l'étranger. C'est à cet état de faits que nous devons son chef-d'œuvre fragmentaire sur la crise de l'esprit européen, présenté pour la première fois à Prague. Dans le cirque brutal de la prise du pouvoir par les nazis, Heidegger, dont les sympathies pour le mouvement sont antérieures à son triomphe, assume le rectorat de l'Université. Son rêve exprès était d'être le *Führer* du *Führer*, comme Platon s'y était efforcé en Sicile. À une différence près, qui tient à la stature de Heidegger, le scénario est précisément celui de l'épilogue de Busoni. Arborant les insignes du Parti à sa boutonnière rustique, le nouveau *Magnificus* traite de haut son maître et bienfaiteur prostré, méprisé. Sans doute le *Rektoratsrede* de triste mémoire est-il un palimpseste, un texte multiple dont le style ésopéen exprime, sous des formes involutives, un ambitieux programme pseudo-platonicien d'enseignement supérieur. Il possède une certaine force d'envoûtement. Mais n'en déplaise aux jongleries des exégètes derridiens, l'attachement de Heidegger au nouveau régime, au service inébranlable qui est dû au *Volk* et au dictateur, est strident. Le mépris de Heidegger pour les doctrines racistes et eugéniques firent de lui ce que les autorités s'empressèrent d'appeler un « nazi privé », inutile pour le gouvernement. La conduite du nouveau recteur envers ses collègues non aryens ou ceux que l'idéologie laissait sceptiques fut moche, mais de manière sporadique, mesquine. Bien souvent, il choisit simplement de s'abstenir.

Husserl souffrit un isolement macabre. Des rumeurs insistantes assurent que Heidegger lui refusa l'accès de la bibliothèque universitaire. Il n'y en a pas de preuve solide. Ce qui est certain, c'est que Heidegger ne fit *rien* pour alléger le sort de son maître. Si la dédicace de *Sein und Zeit* est supprimée, c'est, protesta ensuite Heidegger, que le livre n'aurait pu être réédité sinon. La note de la page 38, où il reconnaît sa dette envers Husserl, ne fut jamais supprimée. En avril 1938, lorsque Husserl mourut, Heidegger était lui-même « malade, alité ». Et quand, dans son protocole de dénazification de 1945, on voit Heidegger dire son regret de n'avoir adressé à sa veuve une lettre de condoléances, on a un haut-le-cœur.

De la fin de sa *Seelenfreundschaft*, de cette « amitié de l'âme », avec son cher disciple, de la trahison, philosophique et personnelle, de Heidegger, Husserl conçut une déception profonde. Dès 1928, il sonda l'abysse :

> Je ne porte aucun jugement sur sa personnalité, elle m'est devenue totalement incompréhensible. Il fut, pendant presque une décennie, mon meilleur ami, cela est évidemment terminé : l'incompréhension exclut l'amitié ; ce revirement dans mon jugement scientifique et dans mes rapports personnels fut l'une des épreuves les plus dures de ma vie[16].

La trahison de Heidegger fut une « attaque contre les racines les plus profondes de mon existence », ajoutera plus tard Husserl[17]. C'est l'une des histoires les plus tristes de l'histoire de l'esprit. Et l'apologétique postmoderniste la rend plus triste encore.

*

Les maîtres hellénistiques accueillaient volontiers les femmes à leurs leçons et dans leurs banquets. Fidèle à sa source judaïque, le christianisme les en exclut. Le thème du vieux maître et de la jeune élève n'en persiste pas moins. Les courants de fond érotiques ne sont jamais bien loin. Molière tourne en dérision les desseins pédagogiques d'Arnolphe dans *L'École des femmes*. Agnès a été élevée dans une « honnête et pudique ignorance ». Elle doit être la docile novice dans sa maison de poupée à la Ibsen. Il cherche de la cire malléable pour ses mains paternalistes. Comme il était prévisible, le programme dérape. Éveillée par la cour du galant Horace, Agnès ne se révèle que trop fine. Sachant son « esprit malade », Arnolphe est voué au ridicule. Comme souvent chez Molière, le rire dissimule un soupçon de sadisme.

Le révérend Edward Casaubon a la vue défaillante : « J'ai vraiment besoin d'un lecteur, le soir. » (On méconnaît souvent le *vibrato* lyrique de *Middlemarch*.) Casaubon peut bien être un « érudit desséché, proche de la cinquantaine », qui sait pertinemment que la mort est déjà présente. Mais Dorothée — « elle s'impose de bon cœur des privations[18] », dit Célia de sa sœur — est sous le charme du savoir et de la souveraineté pédagogique de Casaubon. Il est pour elle un « moderne saint Augustin ». L'épouser, « ce serait comme épouser Pascal[19] ». Le maître commence à enseigner le grec ancien « comme un maître d'école, ou plutôt comme un amoureux auquel l'ignorance élémentaire et les difficultés de sa maîtresse semblent un touchant à-propos[20] ». Le temps des « visions directrices » du passé révélé est peut-être révolu, mais il y a désormais la « lampe de la science[21] ».

Le chapitre xx du livre II compte parmi les plus pénétrants de la fiction. La lune de miel à Rome alerte Dorothée sur « l'étrangeté onirique de sa vie de jeune épouse ». La peinture et la sculpture, montrant des « âmes dans leur jeune nudité », éduquent la sensibilité étiolée de la jeune fille. Elle perçoit maintenant l'« irrégularité » de leurs relations. Le « héros de l'érudition » desséché est prodigue en doctes commentaires. Ce qui lui procure un « frisson mental ». Dorothée abdique : « J'écrirai sous votre dictée ou je copierai et prendrai les extraits que vous m'indiquerez : je ne peux pas être bonne à autre chose[22]. » Quand le couple rentre, Célia, dans une image qui nargue l'arrogance de la psychanalyse, perçoit, émanant de Casaubon, « une sorte de vapeur qui pourrait, avec le temps, saturer un corps voisin[23] ». Le livre IV ne s'en termine pas moins sur une touche d'humanité sans égale. Dorothée sait que sa rébellion intérieure, si contenue fût-elle, « a failli heurter un estropié[24] ». La « boiterie » représente ici la castration, bien avant Freud. L'aura est miltonienne : tel un Samson aveugle, Casaubon avait travaillé « sans résultat comme un condamné dans un moulin de discipline[25] ». Dorothée « mit sa main dans celle de son mari et ils longèrent ensemble le grand corridor[26] ». Le Paradis, nous explique George Eliot, peut se perdre avec compassion.

Par deux fois, dans l'histoire de la philosophie et de la littérature, la relation du maître avec une jeune femme frappe un accord majeur.

Pierre le Vénérable l'atteste : Héloïse était réputée pour son savoir et son acuité intellectuelle avant même d'avoir entrepris ses études avec Abélard, lequel la qualifie de « *per abundantiam litterarum suprema* ». Mais sa pédagogie, lors même qu'elle tourne à la passion, peut être rude. L'*Historia calamitatum* est dépourvue d'ambiguïté dans ses allusions au châtiment corporel, dont la sexualité devait être évidente. Lou Andreas-Salomé travestit ce thème dans une photographie célèbre qui la montre brandissant un fouet au-dessus de Nietzsche et Rée, harnachés à son char. Héloïse : « J'exécutais aveuglément tous ses ordres. » Avec Ovide en guise d'« intertexte », le désir s'embrasa en amour. Dans le cadre du *trivium* scolastique, chaque leçon a son tranchant extatique. Abélard a la quarantaine, sa disciple en a dix-huit au moment de leurs secrètes épousailles. Leur union est exceptionnelle, non pas tant dans sa passion qu'au regard du rang intellectuel, des ambitions théologico-philosophiques de ses partenaires. Saint Jérôme fut l'un des rares Pères de l'Église à compter des femmes parmi ses pupilles et acolytes. Ses épîtres à Marcella inspireront Abélard et Héloïse.

Après la catastrophe, elle se révéla plus forte et plus ferme que son maître bien-aimé. Lors même que leurs vies sont déchirées, elle l'oblige à être à nouveau son directeur spirituel, et celui de la communauté de religieuses qu'elle a instituée. De ce fait, les lettres, pour autant qu'elles soient authentiques, constituent un échange sans parallèle : les analyses et discussions doctrinales et éthiques se ressentent de la douleur de l'amour condamné. Fait surprenant, c'est Pope, parmi les innombrables auteurs et artistes ayant repris l'histoire, qui voit le plus profond. Non moins que dans *Middlemarch*, il y a dans « Eloisa to Abelard » (1717) des échos miltoniens. Malgré ses vœux, Héloïse « ne s'est pas encore oubliée jusqu'à devenir pierre ». Elle se souvient de l'éros de la condition de disciple : « De lèvres pareilles, quel précepte n'aurait ému ? » La perte intellectuelle et celle du cœur sont conjointes : « Adieu l'amour de toujours, adieu idées adorées, adieu ! »

Heidegger, on l'a vu, baignait dans la théologie et la logique médiévales. Il me paraît invraisemblable que l'union d'Abélard et Héloïse n'ait pas été présente à son esprit quand il noua une liaison avec sa jeune étudiante, Hannah Arendt, en 1925. La correspondance qui se poursuivra, avec une sombre interruption, jusqu'en 1975, supporte parfois la comparaison avec son précédent : « Que vous ayez été mon élève, et moi votre maître, cela ne fut jamais que l'occasion propice à ce qui nous est arrivé[27].» Le 27 février 1925, Heidegger à Hannah : «Le démonique m'a atteint de plein fouet.» Ensemble, ils ont vécu une nuit de «transfiguration[28]» *(Verklärung)*. La thèse d'Arendt sur le concept d'amour chez saint Augustin est à la fois un commentaire de l'étude consacrée par Heidegger au *De gratia et libero arbitrio* d'Augustin et une autobiographie voilée. Le professeur s'est senti aussi menacé socialement et académiquement qu'Abélard. La clandestinité s'imposait. Une lampe à la fenêtre, si un rendez-vous était possible; un hôtel moche sur la voie ferrée, ce qui permettait à Heidegger de venir et de repartir tout seul. «Nymphe des bois taquine», murmure le maître. Suit une missive rayonnante sur la nécessité d'une joyeuse énergie, plutôt que d'une pédante gravité *(Ernst)* dans l'âme d'une jeune étudiante. Tout au long de l'extatique automne 1925, Heidegger guide les études d'Arendt, notamment à travers la théologie et l'eschatologie pauliniennes. Quelles leçons particulières ce dut être! «As-tu bûché pour Bultmann?» — le collègue et interlocuteur de Heidegger à Marbourg. Elle doit lire et relire Kant en vue du séminaire de Heidegger. Le maître exulte de la *dienende Freude* de l'élève. L'expression est difficile à traduire : elle signifie «joie servante», «joie de servir». Précisément la joie d'Héloïse.

Hannah Arendt semble avoir mis fin à leurs relations sexuelles en janvier 1926. Elle quittera Marbourg et deviendra doctorante auprès de Jaspers afin d'éviter tout scandale. Datée du 10 janvier 1926, la lettre de renoncement de Heidegger est amère; depuis son départ, ses élèves ne valent pas grand-chose : «aussi seront-elles de retour, ces froides journées solitaires[29]». «Je t'aime, tu le sais bien, comme au premier jour», écrit Heidegger en avril 1928. «La voie que tu m'as indiquée est plus longue et plus escarpée que je ne le pensais. C'est toute une vie qu'elle engage.» Et le maître de citer Elizabeth Browning : «Et si Dieu l'accorde / je t'aimerai mieux après la mort[30].» Après la guerre, Hannah Arendt partit à la recherche d'un Heidegger disgracié. Elle devint son infatigable agent dans le monde anglo-américain, l'imprésario de ses traductions et de sa renommée contestée. Sur un certain plan, elle savait son mensonge, cette vaine gloire glacée qui l'empêchait de reconnaître ses écrits et la stature internationale qu'elle avait acquise. Qu'importe : l'impact écrasant de l'enseignement de Heidegger, sa capacité de «lire comme nul autre ne l'avait encore jamais fait» conservaient leur emprise. Dans le courant de l'année 1950, Heidegger écrivit des poèmes à sa servante bien-aimée. Autant Abélard est un magnifique poète, autant Heidegger n'est qu'un imitateur hésitant de Rilke :

Dein — aus Schmerz erblitzter
Nähe — großgestöhntes,
im Vertrautesten Bersöhntes
«Ja!»
bleibt da.

Und bringt als tiefgeschützter
Schrei gestillter Wonnen
mir zu Nacht den Schein
der unerlöschten Sonnen
aus dem fernsten Schrein
darin das Eine Selbe —
— das ins Maaßentflammte Feuer —
sich verfremdet in das Selbe,
im Geheuren ungeheuer.

Tien — jailli d'une proximité foudroyé de douleur —
avec la force d'un soupir qui se
retrouve au cœur de la confiance
ce «oui!»
demeure là.

Et il porte, ce cri bien à l'abri,
ce cri de délices apaisées,
il m'apporte nuitamment l'éclat
des soleils inéteints,
venant du plus lointain

où le Même tout un —
Feu qui s'enflamme à mesure —
s'estrange en le Même,
inapparié en son appariement[31].

On entend battre avec force le pouls de l'amour remémoré. Le vocabulaire, par ailleurs, est celui de l'ontologie heideggerienne, de son intimité avec Sophocle *(im Geheuren ungeheuer)* et Hölderlin. Heidegger s'enorgueillit de cette congruence :

Wenn Denken sich die Liebe Lichtet,
hat Huld ihm Leuchten zugedichtet.

Qu'à l'amour la pensée se clarifie,
Grâce lui a dicté son embellie[32].

Surnommé le «Maître des maîtres», Abélard attirait des étudiants de l'Europe entière. Parmi ses disciples, il compta des hommes aussi éminents que Jean de Salisbury. La tradition lui attribue «plus de cinq mille disciples, dont cinquante devenus évêques, cardinaux et abbés; et trois d'entre eux, papes». L'enseignement de Heidegger inspira non seulement Hannah Arendt, mais aussi Karl Löwith et Herbert Marcuse. *Via* Levinas, Beaufret, les existentialistes et les déconstructionnistes, il en vint à dominer la philosophie de l'après-guerre en Europe occidentale. Bientôt, son influence s'étendit aux États-Unis. Elle est mondiale. Il existe des centres d'études heideggeriennes en Chine et au Japon, le charisme ambigu du maître est aussi puissant que l'œuvre elle-même, si souvent mal lue ou impénétrable. L'effort d'équilibre auquel se livre Derrida est mémorable, quand il parle d'une relation

> d'admiration, de respect, de reconnaissance et, en même temps, d'allergie profonde et d'ironie; c'est pour ça qu'il est là tout le temps. [...] [T]émoin permanent, [Heidegger] m'accompagne tout le temps, comme un fantôme. C'est pour moi une sorte

> de veilleur, de pensée qui veille tout le temps sur moi — un surveillant qui veille tout le temps sur moi, une pensée par laquelle je me sens surveillé. C'est un modèle — contre lequel, naturellement, je m'insurge aussi, je me pose des questions, j'ironise[33] [...].

Les propos de Derrida sont sous-tendus par le legs du magistral. Mais, en vérité, comment les choses se passent-elles en France ?

CHAPITRE IV

Maîtres à penser

L'expression même nous confine à ce que Henry James appelait la « cage dorée de l'intraduisible ». Non du fait de quelque difficulté sémantique, mais pour cause de ridicule. En langue anglaise, *master of thought* fait pompeux, sonne creux. Des oreilles anglo-américaines y reconnaissent la note caractéristique de la prétention hexagonale, de l'emphase empressée. Même « penseur » paraît suspect. Henry James est à propos ; dans les lettres anglo-américaines, lui seul porta le titre. D'abord décerné par ironie et malice en raison de ses airs patriciens et ses mots définitifs, le sobriquet de « maître » devint ensuite une marque d'estime plus ou moins sincère. Il semblait lui aller mieux qu'à quiconque.

En allemand, *Meister* a sa place, avec la caution d'artistes, de sages et d'académiciens aussi divers que Faust, Goethe, Wagner et Hermann Hesse. « Ne méprisez pas le maître allemand », trompette Hans Sachs dans l'apothéose de Wagner — aux antipodes de l'usage qu'en fait Bottom dans le *Songe d'une nuit d'été* quand il donne du « maîtres » à ces équipiers. Le contraste dit tout. *Meister* trouve ses origines dans les guildes et les universités du Moyen Âge. De nos jours, il a presque disparu, et la rubrique du *Denkmeister*, du « maître à penser », n'a jamais pris. L'italien *maestro* fait surface, par à-coups, vulnérable à l'ironie, hormis dans le domaine de la composition musicale et de l'interprétation. *Pensiero* est porteur d'une densité plus qu'abstraite ; avec sa résonance scénique, il ne s'attache que rarement à « maître ».

Dans les fortunes de la philosophie, de la littérature, de la science et de la politique françaises, en revanche, la désignation et l'image sont d'une importance capitale. De l'Antiquité tardive jusqu'à nos jours — bien que la lueur, pour ainsi dire, perde son éclat —, l'appellation « maître » est omniprésente. Je reçois des communications orales et des lettres qui commencent par « Cher Maître » — si peu mérité que soit ce titre — et y réponds comme il sied. Admettant une multiplicité d'usages, le mot s'est étendu aux relations entre les « docteurs de la foi » et leurs acolytes féminins : François de Sales et Jeanne de Chantal, Jean-Jacques Olier et Agnès de Langeac, Bossuet et Mme Cornuau, Fénelon et Mme Guyon, la quiétiste. Tous suivent le *magisterium* exalté que nous avons vu chez Héloïse et Abélard, et que nous retrouverons chez Simone Weil, disciple d'Alain. Aucune autre tradition occidentale ne célèbre de manière comparable les « maîtres à penser ». D'où vient leur prépotence en France ? (J'emploie à dessein cette fioriture ampoulée.)

Une réponse convaincante s'approcherait d'une anatomie du génie français. De la latinité, antique et chrétienne, qui innerve la langue et le tissu de la sensibilité française. Depuis l'*imperium* romain en Gaule, cette latinité implique un acquiescement sans réserve au magistral. C'est vrai pour les tribunaux comme pour l'Académie française et ses prétentions — sans effet — à exercer une autorité normative sur le vocabulaire et la grammaire. Le halo romain est aussi resplendissant dans la « gloire » de l'« Ancien Régime » que dans l'aventure napoléonienne. Il est frappant de constater que les adversaires de l'absolutisme royal ou impérial comme les Jacobins sont également immergés dans le langage et le symbolisme de l'Antiquité romaine. Ils sont Brutus pour César. À un degré inhabituel en Europe, la *civilitas* française préserve son attachement à la rhétorique, à l'éloquence du barreau, à la culture de l'art oratoire longtemps après l'avènement du rationalisme et de la science postrenaissants. Alain identifie une « ivresse du discours » dans l'Athènes socratique. Ce ravissement envahit la vie française. Initié dans l'enseignement secondaire, il est orchestré sur la scène politique (les textes militaires français ont un style *glorieux* caractéristique). L'adresse, déjà citée, qu'en décembre 1944 Pierre Boutang, philosophe, poète, pamphlétaire, *condottiere* de la droite royaliste, adresse à son maître, Charles Maurras, alors incarcéré pour collaboration, se poursuit ainsi : « La fidélité et la reconnaissance que je vous ai ne sont pas choses mortelles, pas plus que les idées et la lumière qui sont à leur origine. À bientôt, cependant, et à toujours[1]. »

La rhétorique survit à l'éclipse de l'alexandrin et du couplet lapidaire dans la poésie française. Chacun à sa façon, Aragon et René Char sont tous deux des rhétoriciens. Le parti pris du monumental, du hiérarchique et du prescriptif, qui légitime la figure et la fonction du maître, est enraciné dans l'image que les Français ont d'eux. D'où la violence et l'extrémisme de la révolte déconstructrice et postmoderniste, notamment de son aile féministe.

Le chapitre que j'entends considérer est celui de l'après-1870. Les antécédents sont ceux des philosophes du XVIIIe siècle — du prestige de Voltaire, de Diderot et de l'*Encyclopédie*. La conviction est largement partagée : la Révolution française est issue des mouvements de la pensée politique et sociale, d'une polémique idéologique alliant le discours analytique au potentiel de l'action politique. Et cette alliance jouera un grand rôle dans les affaires russes et la naissance d'une *intelligentsia*. Paradoxalement, le régime napoléonien, si méfiant à l'égard de la liberté et du débat intellectuels, consolide la domination formelle de l'intelligence et les hiérarchies du pédagogique. L'Empire codifie l'enseignement humaniste et la formation scientifique. Il crée les « grandes écoles », l'Institut avec ses académies diverses, constituant ainsi un ensemble de pouvoir et de subordination didactiques non moins influent que ne l'était celui des écoles scolastiques monastiques ou épiscopales. Les uniformes que portent les académiciens reflètent au détail près les désirs de Napoléon. Il est cependant deux circonstances historiques qui informent les leçons des maîtres dans ce qu'on a appelé, d'un mot mémorable, la « république des professeurs ».

La France humiliée de 1870-1871 se retrouva avide de «sérieux». Ce n'était point le matériel teutonique qui l'avait emporté, mais la supériorité prussienne en matière de scolarisation systématique et de pensée, tant scientifique qu'humaniste. Le *Gymnasium* allemand, les universités après les réformes de Humboldt et les étalons régissant la recherche et les publications savantes avaient nourri un tour d'esprit qui soulignait la frivolité, l'amateurisme et les caprices des mœurs intellectuelles et académiques du Second Empire. La prééminence militaire avait été le résultat logique d'habitudes de rigueur analytique incarnées par Hegel — une soumission analogue à Husserl et à Heidegger séduira la philosophie française après 1940 et l'Occupation. Alexandre Dumas en 1873 : «Il ne s'agit plus d'être spirituel, léger, libertin, railleur, sceptique et folâtre.» La France doit maintenant affronter le «très sérieux». Si elle se dérobe, elle périra[2].

En imitation consciente des modèles de Berlin et de Göttingen, les idéaux pédagogiques français sont systématisés par un disciple de Hegel, Victor Cousin. La physiologie expérimentale de Claude Bernard, la chimie de Marcellin Berthelot, avec ses applications industrielles, s'efforcent de rivaliser avec les réalisations théoriques et pratiques d'«outre-Rhin», voire de les dépasser. Les romans de Zola expriment le choc de la «débâcle», mais aussi les nouvelles méthodes sociologiques et «physiologiques», et la gravité également de mise en littérature. Les deux voix dominantes, les maîtres de la renaissance, seront Taine et Renan. Formé à la linguistique comparative et à l'exégèse biblique telles que ces disciplines avaient fleuri en Allemagne, âprement hostile aux intrusions de l'irrationnel, notamment catholique romain, dans les pratiques françaises, Ernest Renan fait du «soyons sérieux» le schibboleth de l'enseignement secondaire et supérieur. Lui-même exégète compendieux et historien des religions, il perçoit avec acuité l'avenir décisif des sciences pures et appliquées. Comme le montre sa variation allégorique sur *La Tempête*, il se voyait en Prospéro éduquant la nation. Quant au style d'Hippolyte Taine, il était celui du méthodologiste et du critique social. Son approche foncièrement matérialiste exerça une profonde influence sur l'enseignement scolaire et sur l'étude systématique des documents historiques et économiques. Il avait commencé ses recherches en s'intéressant à la Rome républicaine.

L'affaire Dreyfus fut la seconde source du « maître à penser » à la française. C'est ce drame fratricide qui donne leur sens et leur diffusion modernes au nom d'« intellectuel » et à l'appellation ancillaire de « clerc ». Professeurs, mandarins, publicistes, hommes politiques des deux camps alimentent une vague de périodiques qui va du conservatisme patriotique de la *Revues des deux mondes* aux *Cahiers de la quinzaine*, la publication dreyfusarde de Péguy, et à *La Revue blanche* du jeune Proust. Les deux camps produisent leurs porte-parole magistraux : Jean Jaurès et ses acolytes à l'École normale, Zola, Léon Blum, Charles Maurras. Des émeutes éclatent en Sorbonne et à travers le quartier Latin. De l'Académie et du Collège de France aux lycées et séminaires de province, il n'est d'institution intellectuelle qui ne soit déchirée. L'héritage de ces années de fièvre reste venimeux dans le dogme de Vichy et la furieuse « épuration » de l'après-guerre. « C'est la revanche de Dreyfus ! » s'écrie Maurras quand il est condamné par un tribunal. La France est déchirée entre racisme et humanisme universaliste, passion nationaliste et libéralisme, foi et doute voltairien. Ces polémiques remontent à Platon et Montesquieu. L'École normale de la rue d'Ulm devient le centre névralgique d'idéologies semeuses de discorde, dont Raymond Aron, Jean-Paul Sartre et Louis Althusser seront les héritiers directs. Le gourou qui monte sur les barricades, un Michel Foucault font directement écho aux enrôlements de l'affaire Dreyfus. Avec Léon Daudet, Jules Romains, André Maurois ou Louis Guilloux, la fiction s'efforce de communiquer cette frénésie d'engagement. Dans la vie de l'esprit, la Manche avait des airs d'océan.

C'est dans la préface à son roman de 1889, *Le Disciple*, que Paul Bourget cite les appels au sérieux de Dumas. La pâle finesse, la « visée tangible » qu'a sur nous[3] ce roman, au cœur de notre thème, en a fait une relique. C'est méconnaître non seulement son impact sur les contemporains, mais aussi son héritage, souvent inaperçu. Sans *Le Disciple*, nous n'aurions pas *Monsieur Teste*, de Valéry. Malgré le mépris pour Bourget qui ressort de son *Journal*, Gide y puise pour nourrir ses études sardoniques des relations de maître à disciple dans son *Immoraliste*, dans *Les Caves du Vatican* et, de manière plus incisive, dans *Les Faux-monnayeurs*. Et je crois que Bourget est pour quelque chose dans les fictions répétées d'Iris Murdoch sur le thème des sages et des disciples, des maîtres et des élèves comme *Le Séducteur quitté*, *Les Cloches* et, de manière on ne peut plus évidente, *L'Élève du philosophe*.

Adrien Sixte — ce nom est l'unique touche de génie du roman — incarne l'idéal de la raison pure tel que l'a professé Kant. Il calque sa routine quotidienne sur la vie ascétique et recluse de Spinoza. Voilà quinze ans qu'il évite d'aller à la messe, à laquelle il préfère le matérialisme scientifique de Darwin. Son mentor spirituel n'est autre que Taine, dont la «psychologie physiologique» guide ses pensées : «Toute la formule de sa vie tenait dans ce mot : penser[4].» Sixte avait publié une *Psychologie de Dieu* qui avait fait grand bruit. Puis vint une *Anatomie de la volonté*, s'appuyant sur les œuvres de Darwin et de Herbert Spencer. Il avait choisi pour devise la fameuse proposition de Monsieur Taine, à savoir que le bien et le mal procèdent du tissu de l'organique — qu'ils sont, en dernière analyse, affaire de chimie.

Robert Greslou devient son disciple fervent. Précepteur dans une famille aristocratique, il s'énamoure de Charlotte, son élève de dix-neuf printemps. On la retrouve empoisonnée. Un suicide, mais Greslou ne fait rien pour se disculper du soupçon de meurtre. Au cours du procès, l'accusation rattache directement son «crime atroce» aux enseignements amoraux de son maître. Face à ce réquisitoire absurde, vulgaire, Sixte reste froid, impassible. La mère désespérée du disciple le débusque et lui laisse la confession secrète de Greslou. La preuve de son innocence. Elle démontre aussi que son triste sort n'a pas entamé la ferveur du disciple. «Écrivez-moi, mon cher maître, dirigez-moi. Renforcez-moi dans la doctrine qui fut, qui est encore la mienne [...].»

Continuez de me persuader que ces horreurs « se rattachent à l'ensemble des lois de cet immense univers. [...] Vous êtes un médecin aussi, un grand médecin des âmes[5] ».

À la lecture de ce document, Sixte est ébranlé jusqu'au tréfonds de son être. Trente années de labeur intellectuel acharné avaient porté en elles un « principe de mort », un poison qui se répandait maintenant « dans tous les coins du monde[6] ». Et Sixte de se demander si, « par une sorte de lien mystique[7] », le maître ne saurait avoir une part de responsabilité dans les actes de son disciple. Protester de l'immunité du maître n'est-il pas une manière de jouer les Ponce Pilate ? L'ouvrage se termine en propagande. Bourget laisse entrevoir un possible retour de Sixte à la foi. Le matérialisme athée qui a abaissé la France est voué à la déroute.

★

Malgré ses défauts, *Le Disciple* pose l'une des questions les plus épineuses et irréductibles de la philosophie morale et de la théorie sociale. Un maître est-il responsable de la conduite de ses disciples ? Si oui, jusqu'où ? De quelles façons : éthique, psychologique, juridique ? Si la vertu peut s'enseigner, vraisemblablement est-ce aussi le cas du vice. François d'Assise inculque la bonté même aux poissons ; dans *Oliver Twist*, Fagin est un pédagogue exemplaire. Avec un soupçon de grandiloquence, Yeats se demande si quelques-uns de ses vers n'ont pas voué au malheur « *certain men the English shot* », « certains hommes que l'Anglais a fusillés[8] ». La question est au cœur du procès de Socrate, des dénonciations de Simon le Magicien dans les *Reconnaissances clémentines*. Elle n'a jamais perdu son actualité. Sommés par leurs gourous de choisir entre le structuralisme de Lévi-Strauss et le marxisme du Parti communiste français, une poignée d'étudiants se suicidèrent. Depuis 1977, le cas d'Antonio Negri n'a toujours pas été tranché. Professeur de philosophie et critique social également versé dans Marx et Spinoza, Negri hérita la direction intellectuelle d'une faction d'extrême gauche. Il exerça un ascendant irrésistible sur ses disciples des Brigades rouges et de Prima Linea. Dans les férocités qui s'ensuivirent, ses comparses accomplirent des actes terroristes — bien qu'on discute encore de la culpabilité précise. Le *cattivo maestro*, le « mauvais » maître, le maître diabolique, fut accusé de complicité. Il portait la responsabilité d'homicides. Un quart de siècle plus tard, Negri continue de purger sa peine, quoique dans des conditions allégées. L'accusation d'incitation au crime persiste.

Il est tant de facteurs qui entrent en jeu. Le magistère est une figure saillante du charismatique. Nous avons vu, nous verrons encore, que l'éros, la sexualité déclarée ou masquée peut imprégner les rapports de forces entre maître et disciple. Un désir de plaire au maître, d'« attirer son œil aimant », est aussi patent dans *Le Banquet* et la Cène que dans tout séminaire ou cours particulier. Qu'il s'agisse de ballet, de football ou de papyrologie, les leçons de soutien ou les répétitions sont un hybride complexe d'amour et de menace, d'imitation et de détachement. Comment nier que l'empressement du disciple à exaucer les désirs du maître, à se conformer à ses idéaux, puisse être source de *praxis* et d'accomplissement ? « En avant », dit le maître, et s'ensuit le « meurtre nécessaire ». Lors même qu'elle est mal comprise, la responsabilité de l'enseignement perdure jusqu'à la fin des temps, insistait Lukács. Son rigorisme conséquentialiste était le fruit d'un débat interminable avec Nietzsche (lui-même lecteur attentif de Paul Bourget). Dans quelle mesure l'exaltation nietzschéenne de la dureté, d'une espèce plus qu'humaine à venir, de vérités « par-delà bien et mal » a-t-elle pu jouer un rôle dans la montée et le triomphe du nazisme ? Les nazis pouvaient-ils s'en prétendre légitimement les disciples ? Le fanatisme religieux n'est-il pas très souvent un fruit direct de la fidélité du prosélyte, de la joyeuse obéissance du martyr à l'imam ?

Une théorie de la pédagogie, saint Augustin l'avait bien vu, touche à l'énigme du libre arbitre. Elle doit se frotter à l'idée que les diktats de Dieu et même sa prescience n'empêchent pas le choix des hommes. Le disciple a toute liberté de rejeter, réévaluer ou juger comme purement hypothétiques les préceptes de son maître. D'innombrables platoniciens ont préféré lire *La République* et son eugénisme militant comme une utopie qui cède parfois à l'auto-ironie. N'en déplaise au *Faust* de Marlowe, tous les « machiavéliens » ne se conduisent pas comme César Borgia. En fin de compte, la responsabilité incombe à l'esprit individuel, si influencé, si manipulé soit-il. Les hommes et les femmes qui pensent ne sont pas les chiens de Pavlov.

De surcroît, qu'en est-il de la méprise ? des nombreux cas de disciples qui, sciemment ou non, ont faussement interprété leurs maîtres, les ont dénaturés ? L'application raciste et chauvine des textes nietzschéens trop souvent sortis de leur contexte est-elle autre chose qu'un travestissement ? N'y a-t-il point une vérité vitale dans la répudiation par Marx, Freud et Wittgenstein de ceux qui se présentaient comme leurs adeptes ? Les Grands Inquisiteurs, tels que les envisageait Dostoïevski, sont-ils des disciples justifiables de Jésus ? L'histoire ininterrompue de l'ésotérique, de la répugnance du maître à révéler ses enseignements hors d'une poignée d'élus, met en évidence ce dilemme. D'Héraclite à Wittgenstein, mais aussi dans la Kabbale, l'idéologie confucéenne ou le zen, des maîtres se sont efforcés d'anticiper et de prévenir la mélecture *(misreading)*, les abus de leurs doctrines. Doit-on les tenir pour complices quand un disciple dément brûle le temple ?

Ma réponse est un « oui et non » tâtonnant. L'invocation peut-être sardonique des « bêtes blondes » ne fait pas de Nietzsche un précurseur de la Waffen SS. En revanche, elle lui donne l'aura de l'attente philosophique. Les thèses de Negri (que la vraie source de la violence publique est la violence du capitalisme bourgeois, que la terreur est inévitable au cours de la lutte pour une nouvelle justice sociale) n'invitent pas nécessairement à descendre des policiers. Mais elle ménage cette éventualité avec la sanction d'une inéluctabilité théoriquement consacrée. Jésus lui-même est venu avec une épée.

Le véritable enseignement peut être une entreprise terriblement dangereuse. Le maître vivant prend entre ses mains le plus intime de ses élèves, la matière fragile et incendiaire de leurs possibilités. Il pose les mains sur ce que nous tenons pour l'âme et les racines de l'être, une prise dont la séduction érotique, si métaphorique soit-elle, est la version la moins importante. Enseigner sans une grave appréhension, sans une révérence troublée pour les risques impliqués, est une frivolité. Le faire sans considérer les possibles conséquences personnelles et sociales est cécité. Le grand enseignement est celui qui éveille des doutes chez l'élève, qui est école de dissension. C'est préparer le disciple au départ (« Quitte-moi maintenant », commande Zarathoustra.) Au terme, un maître valable doit être seul.

*

La France s'était transformée en « république des instituteurs ». Fondamentale y était la notion de *laïcité*, d'une vocation civique et pédagogique aussi exigeante dans la sphère séculière que l'avait été celle de l'Église et de ses ordres enseignants. Les grandes figures de la philosophie, de la littérature et de la politique professent au lycée durant des périodes plus ou moins longues de leur carrière : Jaurès enseigne, Mallarmé reste sa vie durant professeur d'anglais, Bergson enseigne à Angers et Clermont-Ferrand, Simone Weil est « institutrice » au grand effroi de ses élèves de province, Sartre est au lycée du Havre. L'ivresse didactique peut engendrer des absurdités : dans les classes professionnelles, on enseigne aux jeunes femmes la « rhétorique et la poésie du ménage ». Il n'était pas un jour où une moitié de la France ne semblât faire passer des examens et des concours à l'autre.

Le programme et l'idéal sous-jacents étaient, cependant, de la plus haute espèce. Nous créons au grand jour, proclamait Jules Lagneau dans son lycée de Vanves, sans motif caché, sans aucun mystère, un ordre laïque militant voué au devoir privé et social. Explicitement ou non, le modèle était celui de Fichte : la culture est une branche de la liberté, de la liberté morale et politique. Ce lien organique dépend de l'enseignement, d'abord et avant tout dans le secondaire. Si abstrait ou pragmatique qu'en soit le contenu, chaque leçon pleinement réalisée est une leçon de liberté. Et dans toute leçon de cette espèce, nous rappelle Platon, « la voix du maître est beaucoup plus décisive que n'importe quel livre ».

Dans la « république des instituteurs », Émile-Auguste Chartier (1868-1951) était souverain. Lui-même signait « Alain ». Sa présence fut sans conteste éminente dans l'histoire morale et intellectuelle de l'Europe. Son influence imprégna l'enseignement français et des éléments significatifs du corps politique de 1906, année de la réhabilitation de Dreyfus, à la fin des années 1940. Sa prose se distingue par une économie et une clarté inégalées. Son intégrité stoïque envoûta des générations d'élèves et de disciples. La comparaison avec Socrate est devenue routinière. Alain était le « sage dans la cité », le « maître des maîtres ». Outre des écrits philosophiques et politiques, outre des essais sur les arts et la poésie, comme son éclaircissement de *La Jeune Parque*, de Valéry, Alain publia des réflexions autobiographiques. *Histoire de mes pensées*, de 1936, est un joyau. De même que ses méditations sur la guerre, dans *Mars*.

Pourtant, le nom même d'Alain est quasiment inconnu dans le monde anglo-américain. C'est à peine si on l'a traduit. Pourquoi le devrait-on ? Je n'ai pas de bonne réponse. Sans doute y a-t-il un problème de contexte. Les *Propos* d'Alain, *memoranda* succincts mais souvent très travaillés (il en publia quelque cinq mille dans la presse quotidienne et hebdomadaire de 1906 à 1936, avec un hiatus entre 1914 et 1921), touchent aux « universaux » ; mais ils le font en se référant de manière incisive à l'immédiat, au fait politique, social, idéologique ou artistique du jour. L'art bref d'Alain suppose un savoir partagé. Pour un étranger, pour les lecteurs français d'après la Seconde Guerre mondiale et pour les jeunes, les circonstances qui les ont inspirés se sont estompées. De plus, les textes d'Alain étaient en harmonie avec sa voix d'enseignant. La distance aidant, avec la disparition de l'homme, la page a peut-être perdu sa force vivifiante. La sagesse et la chaleur des sentiments n'en demeurent pas moins pour une large part. Encore une fois, pourquoi une telle absence de la conscience britannique et américaine ?

Pour Alain, vivre c'est penser. C'est transcrire l'existence comme un flot de pensée à l'infini. Cette équation avait été capitale pour Descartes et pour Spinoza, qui occupaient tous deux une place de choix dans l'enseignement d'Alain. Mais aucun des deux n'avait pleinement reconnu, encore moins communiqué, la dimension « charnelle » de la pensée, son unisson avec le corps humain et tout ce qui est matériel dans le monde. Alain se nourrit de Marx, mais ce « matérialisme de la conscience » était foncièrement le sien. Nul autre qu'Alain n'aurait déclaré que chez Platon, plus que chez n'importe qui, s'exprime un « amour céleste des choses terrestres ». Comme Socrate, Alain passait le quotidien au crible et puisait sa joie dans les arts et métiers, dans ce besoin apparemment inné de faire qui rattache le savoir-faire du charpentier à celui de Rembrandt et de Bach. L'hybride de l'invention technique et de l'analyse intellectuelle, de la « substantialité » physique et mentale de la guerre — il refusa un commandement et servit dans les rangs de 1914 à 1918 — l'absorba comme il avait absorbé Socrate. Mais toute substance est pensée ; l'existence humaine est « pensée en devenir ». On pourrait comparer la manière d'Alain et son « matérialisme platonicien » à l'*Apologie* de Newman, à l'*Autobiographie* de R. G. Collingwood. Le Henry Adams de l'*Éducation* eût compris Alain. Mais, dans le canon anglo-américain, ses livres ne brillent que depuis les marges. Comment peut-on évaluer la stature d'Alain quand le mot même d'« intellectuel » n'est pas loin d'être péjoratif ?

Alain eut un mentor, auquel il consacra ses *Souvenirs concernant Jules Lagneau*. Les cours de philosophie que celui-ci dispensa en « première supérieure » de 1887 à 1889 se révélèrent cruciaux. Son credo, exprimé sans une once d'ostentation mandarinale — Lagneau et Alain laissèrent cela à Bergson —, était lapidaire : la seule chose qui puisse être fructueuse est une « instruction vivante », un enseignement de l'âme entière, de toute la personne, de la vie. Lui qui ne publiait pas — Socrate, une fois encore — inspira toute une tribu pédagogique et philosophique. Il enseigna à ses jeunes élèves que l'athéisme est le sel qui préserve la foi de la corruption. « Il n'y a, disait-il, qu'un fait de pensée, qui est la pensée[9]. » C'est au cours de ces leçons, qu'il compare à celles de Beethoven, qu'Alain adopte son mot de passe cartésien, la « générosité », par quoi il entend une fidélité absolue à la liberté de la volonté quand il en est fait un usage mortel ou rationnel. Des empiristes comme Épicure, Hume, Stuart Mill forceront le respect d'Alain ; mais, de Lagneau, il hérite un « transcendantalisme » à toute épreuve, un idéalisme foncièrement platonicien (Platon, cet auteur justement qualifié de « divin ») enraciné dans la dignité de la matière. Et c'est dans la lecture que Lagneau fait de Spinoza qu'Alain glane sa définition du bien suprême de l'homme : éprouver « la joie de la pensée et pardonner Dieu ». Lagneau commençait toujours par un texte, à seule fin de s'en écarter au travers d'un commentaire apparemment improvisé, éminemment personnel, méthodique mais antisystématique. Tel devait être le style d'Alain.

Il lui valut de pâles affectations, à Pontivy et Lorient, puis à Caen. Paris suivit inévitablement, en 1903. D'abord au lycée Condorcet, alma mater de Proust, puis, à compter de 1909, au lycée Henri-IV, *primus inter pares*. Les *Propos* avaient commencé de paraître trois ans auparavant. Déjà, l'enseignement d'Alain était devenu légendaire. « Nous n'assistions pas à un exposé des idées de Platon et de Descartes, se souviendra un élève[,] nous étions en [leur] présence [...] ; sans intermédiaires[10]. » Convaincu que l'enseignement secondaire importait plus que tout autre, Alain refusa à la fois la Sorbonne (il y donna des cours en tant que conférencier extérieur) et les lauriers de l'Académie française. Ces refus du « petit paysan normand » ne firent que rehausser sa stature. Suivant le mot du premier éditeur français, ce grand « gourmand » païen, cynique, ascète nous offre le thème de notre prière matinale. Pour le jeune Maurois, son maître n'était que « le Juste » dans une société corrompue et désorientée.

L'impact d'Alain, sa position presque incontestée de « maître de la nation », *praeceptor Galliae*, tient en partie à une contingence qui manque au système anglo-saxon. Entre l'enseignement secondaire dispensé dans les classes supérieures des lycées, les écoles normales, les grandes écoles et l'université, n'existaient pas de frontières étanches. Des auditeurs de la Sorbonne et de l'École normale voisines venaient écouter Alain à Henri-IV. Lui-même, à son tour, donna des cours à l'École normale pour filles de Sèvres ainsi que des cours du soir pour les travailleurs. Au lycée, sa classe était pleine à craquer. En 1928, quelque quatre-vingt-dix élèves et auditeurs firent silence quand le maître entra et écrivit sur le tableau noir : « Le bonheur est un devoir », ou « La plus belle loi de notre espèce, la loi vertébrale, est que ce qui n'est pas admiré soit oublié [11] ». Les contacts d'Alain avec ses étudiants étaient marqués par une certaine austérité et la protection farouche de sa vie privée. Lorsque Simone Weil prit activement la défense des chômeurs, le maître nota sa satisfaction. Elle était pour lui la « petite Simone Weil ». Son dernier cours était prévu pour le 1er juillet 1933. La salle était tellement bondée d'illustres officiels qu'Alain revint deux jours plus tard afin d'enseigner « sérieusement ». Faisant allusion à la pompe dérangeante de la fois précédente, il observa : « Nous étions dans des conditions déplorables pour traiter de Justice et Charité [12]. » Point d'adieu. La grandeur a ses réticences (j'ai vu F. R. Leavis faire de même à la fin de son dernier cours). N'est pas homme qui se contente de vivre, enseignait Alain dans un rare moment d'orgueil. « Est homme qui survit. »

L'éventail de ses centres d'intérêt était réellement kaléidoscopique. Sur sa voix irrésistible, chacun s'accorde. Ses principes pédagogiques, cependant, ne devaient jamais fléchir. La santé du corps politique dépendra de la manière dont on façonnera le jeune — l'enfant, en vérité. L'enseignement doit donc se situer juste hors de portée de l'élève, suscitant en lui effort et volonté. « Je veux, donc je suis », une variante du *cogito* de Descartes, où dans ce vouloir entrent une part de désir et une part de manque. La règle morale suprême est de « ne pas réussir », car il n'est de réussite sans compromis ni exagération de ses propres prouesses. Chaque classe d'Alain se vit inculquer ce code exigeant et modeste, avec ce sourire qu'un de ses élèves qualifia de « socratique ». La sobriété de la prose est l'hygiène et la courtoisie de l'âme. Le maître flairait mieux que personne l'ostentation, que ce fût dans la composition d'un élève, dans les intonations d'un académicien ou l'éloquence d'un soi-disant homme d'État. Pourtant, lorsqu'un acte de pensée était d'une force conquise de haute lutte, même un langage compliqué pouvait tout emporter devant lui. D'où l'éloge mémorable que fit Alain de la « poésie » chez Hegel.

Il faut lire et relire les maîtres : Platon (tout est vérité chez Platon, ce qui n'implique pas qu'il faille croire tout ce qu'il dit), Aristote, Montaigne, Descartes, Spinoza, Leibniz, Hegel, Comte et Marx. Les lire et les relire comme contemporains, en un sens, les uns des autres, mais aussi de nous-mêmes. Le premier réflexe doit être de « révérence », de « crédit total à l'auteur ». Puis vient le doute, voire la réfutation. Mais ceux-ci se fondent sur notre conviction — joyeuse — que notre intelligence des grands textes est toujours insuffisante, qu'elle n'est pas à la hauteur des prodigalités de sens, lesquelles sont dynamiques et changent, tandis que textes et contextes sont liés les uns aux autres. Il y a un Platon *après* Descartes, un Aristote en dialogue avec le positivisme de Comte et la sociologie de Marx. Pour Alain, lire est donc la moins passive des entreprises. C'est la lecture qui nourrit l'oralité de l'enseignement magistral. La littérature n'est pas moins formatrice que la philosophie, tandis que la poésie marque probablement le sommet des possibilités de l'homme (Platon est un poète suprême). Alain composera des commentaires de Balzac, de Stendhal, de Dickens et de Valéry. Pour autant qu'il avait perçu dans le nouveau « scientisme » une trahison du caractère indispensable de la littérature, Bourget avait eu raison.

Chacun de ces engagements philosophique, didactique et esthétique aspire à une fin commune : l'instauration et le maintien d'une « société libre ». Pour Alain, celle-ci doit être, au sens kantien, une critique des valeurs humaines et une autocritique. C'est l'une de ses convictions les plus saisissantes. Une vraie république est une école, un examen que doit subir la volonté du citoyen. Avec Platon et Auguste Comte, Alain est convaincu que l'État est ou doit être une «scolarité morale». C'est la *polis* des *Lois* de Platon. La splendeur de la France républicaine réside dans son consentement à risquer la guerre civile, à mettre en péril sa sécurité nationale afin de rendre justice à Dreyfus. Il y a, dans tout ce credo, un mélange parfois instable d'élitisme culturel, de «curatelle» platonicienne et de populisme instinctif, de respect pour l'artisan et les pratiques agraires. Le «petit paysan normand» persista obstinément dans le «premier professeur de France».

Alain figure dans une pléiade de mémoires, mais aussi dans des fictions (par exemple *Le Maître*, de Roger Bésus). Mais, comme l'avait soutenu Bourget, la *maestria*, surtout en salle de cours, a son côté tragique.

Physiquement difforme, malade chronique, sexuellement handicapé, Georges Palante enseigna la philosophie dans divers obscurs lycées de Bretagne, notamment à Saint-Brieuc. La Sorbonne déclina de reconnaître ses thèses. Palante avait du mal à maintenir la discipline. Le chahut et les railleries plus ou moins systématiques de ses élèves rendaient ses leçons plus ou moins inaudibles (pas de *Goodbye Mr. Chips*[13]). Entraîné dans une absurde «affaire d'honneur», où il crut même à la condescendance de l'un de ses seconds, Palante se suicida le 5 août 1925. Il y en eut, cependant, pour trouver son enseignement superlatif. Palante initia en France un nietzschéisme de gauche et fut l'un des tout premiers à attirer l'attention sur Freud. Un colloque sur l'œuvre de Palante eut lieu en 1990; onze ans plus tard suivait l'édition de ses œuvres complètes.

Louis Guilloux devint l'élève de Palante en 1917. Il reconnut dans son professeur un esprit d'une originalité profonde, quoique hantée. On doit à cette intuition l'un des chefs-d'œuvre de la fiction française moderne, *Le Sang noir* (1935). Tournant en ridicule sa passion de *La Critique de la raison pure*, les tourmenteurs de Palante le surnomment Monsieur Cripure. Une poignée seulement perçoit l'austère pénétration de son enseignement, sa magie réticente implicite dans le nom du protagoniste de Guilloux, M. Merlin. Pythagore et Empédocle savaient déjà que des élèves peuvent se faire meurtriers.

La mystique du maître persiste dans le scénario un peu mélodramatique de la vie intellectuelle française. Dans un cénacle de disciples, dont Derrida, Gérard Granel, qui enseigna la philosophie à Bordeaux et à Toulouse, est devenu une légende. Ses cours, ses exposés opaques sur Kant, Marx, Husserl et Heidegger, son programme de transformation révolutionnaire du système universitaire circulaient parmi les adeptes comme des écrits révélés. Avoir été l'élève de Granel avait valeur d'*honoris causa*. Si histrionique que fût sa conduite, si indéchiffrables que soient ses écrits, Lacan suscitait une adulation proche de l'hystérie chez ses disciples. On ne lit plus guère Louis Althusser aujourd'hui. L'excentricité dogmatique de ses gloses sur Marx est devenue notoire. Bien que la philosophie ne déploie qu'une série de textes dans l'histoire, la «pensée en philosophie» appartient à une «tradition *orale*». Et cette tradition ne peut se transmettre que d'école en école, c'est-à-dire de maître en maître.

*

Ceux qui, comme Georges Palante, ont été terrassés par Nietzsche furent légion. Des textes tronqués, mal lus, édités de manière mensongère firent l'effet d'une avalanche. La présence de Nietzsche et les ambiguïtés qui s'y attachent sont telles que la dérivation de la modernité occidentale à partir de la triade Marx, Nietzsche et Freud est devenue un cliché. Cependant, le rôle, peut-être essentiel, chez Nietzsche, de l'enseignant et de l'éducateur est souvent négligé. Il fut l'universitaire anti-universitaire par excellence. Ce n'est que dernièrement, avec la publication des *juvenilia* de Nietzsche que sont devenues accessibles les volumineuses recherches de philologie et de critique textuelle qu'il accumula au cours de ses années d'études à Bonn et à Leipzig puis de son professorat à Bâle. L'érudition noircit des volumes. À un âge incroyablement précoce, le Dr. Nietzsche est spécialiste de Diogène Laërce. Il donne des cours sur Homère, Hésiode, Théognis, Thucydide, Eschyle, Aristophane, Xénophon, Platon et Isocrate. À l'université comme au *Paedagogium*. Il pratique la critique textuelle au sens le plus exigeant du terme. À vingt-trois ans, Nietzsche passait pour l'un des antiquisants les plus prometteurs de sa génération.

Au beau milieu de ces travaux philologiques savants et laborieux, tout à fait traditionnels dans leur méthode, pointent des éclairs de doute et des soupçons d'innovation rebelle. La recension textuelle, la correction lexicale et grammaticale révèlent-elles le texte ancien ? Le commentaire d'un mandarin, habituellement rédigé en latin, sert-il une fin heuristique et culturelle plus large ? Ce malaise hérétique couve déjà dans les *Democritea* des années 1867-1868. Dans une lettre de 1868, Nietzsche emploie un mot chargé de connotations explosives : *Philologie der Zukunft*, la « philologie de l'avenir ». Le mot, que lui renverront Wilamowitz et l'establishment des antiquisants, fait entrevoir une philologie qui puisera dans la philosophie, qui mettra à contribution les théories esthétiques de Goethe, Schiller et Kant. L'essai de 1873, *La Philosophie à l'époque tragique des Grecs*, affirme la concordance nietzschéenne de la tragédie grecque avec la musique et l'idéal de la *Gesamtkunstwerk*, la « forme artistique totale », telle que l'incarnait le Bayreuth de Wagner.

Cet argument avait inspiré le premier livre de Nietzsche, *La Naissance de la tragédie* (1872). C'est aux contradictions internes entre les critères savants et esthétiques que ce chef-d'œuvre confus doit d'exercer une fascination durable. Il se dérobe à toute lecture assurée ou invariable. Sciemment ou non, *Herr Professor* Nietzsche avait choisi de se rendre impossible dans la corporation. En même temps, dans un isolement grandissant, il s'efforçait de forger une pédagogie, un programme pour l'humanité future — aux deux sens, restreint *(humaniores)* et large du terme. Comment définir au mieux le vrai maître ?

Il traite de la question dans *Schopenhauer éducateur* (1873). Bienheureux celui qui trouve le « maître et *Zuchtmeister* », un formateur sur le double plan de l'intellect et de la conduite. Un grand maître transforme « tout l'homme en un système solaire et planétaire ». Les institutions universitaires sont incapables d'« éduquer un homme pour en faire un homme[14] » (l'écho de Dante à Ser Brunetto n'est pas loin). Tomber sur Schopenhauer, c'est entrer dans une forêt en altitude, qui nous permet de respirer profondément et de nous refaire. Là habitent des maîtres de la trempe d'un Montaigne et d'un Schopenhauer, avec cette « gaieté » singulière, cette *fröhliche Wissenschaft* qui deviendra celle de Nietzsche. Schopenhauer avait été frustré dans sa quête de disciple ; presque jusqu'à la fin de ses jours, son *opus magnum* philosophique n'avait trouvé aucun lecteur. Non moins qu'Empédocle, l'auteur du *Monde comme volonté et comme représentation* avait souffert d'un isolement exaspérant. Nietzsche sera le premier authentique disciple, transmuant les rares lecteurs de Schopenhauer en « fils et disciples ».

Comment éduque pareil maître ? En nous forçant à nous élever, dans un mouvement qui est aussi de transgression. Nous reconnaissons ce don d'exécution en observant sur le maintien du maître « une lassitude du soir » *(Abendmüdigkeit)*. Bien que même un Schopenhauer tienne pour « impossible d'enseigner l'amour ». Le corollaire, dans le tableau que brosse Nietzsche, est une âpre critique de la routine prévalant dans l'enseignement secondaire et supérieur. Les philosophes universitaires infligent leur propre vacuité. Sont-ils possédés de quelque étincelle, qu'ils divulguent ce qui ne devrait être révélé qu'aux intimes. D'où la castration *(Entmannung)*, l'impuissance de la philosophie universitaire. D'où aussi — Nietzsche fut, après Kierkegaard, le premier à le voir clairement — l'alliance entre l'université et le journalisme, entre la pensée et le grand bavardage. À ce titre, il annonce beaucoup Wittgenstein. À ceux qui possèdent les qualités nécessaires pour devenir ses disciples, Schopenhauer révèle que « l'amour de la vérité est chose redoutable et puissante[15] ». À l'appui de cet axiome, Nietzsche cite l'un de ses rares pères, Emerson. Lui aussi savait les dangers de l'argument qui transforme.

Si l'amour ne peut s'enseigner, qu'en est-il de la haine? Dans ce traité «inactuel», Nietzsche n'apporte aucune réponse. Il est bon de ne pas perdre de vue cette question.

Durant le reste de sa vie, Nietzsche proclamera son mépris de l'université. Les très courtes années bâloises avaient miné sa santé. Seuls l'indépendance et l'esseulement absolus peuvent engendrer une pensée de première grandeur. À maintes reprises, pourtant, le même Nietzsche crie que la solitude le rend fou. L'angoisse devient quasiment intolérable après l'échec de *Ainsi parlait Zarathoustra*, en 1883-1885. Dans ses lettres, Nietzsche confesse un isolement insupportable. Son travail n'éveille pas le moindre écho. Quand une ou deux voix lointaines disent leur admiration ou leur intérêt (Brandes, Strindberg), la gratitude de Nietzsche confine à l'hystérie. Alors qu'il s'en tenait à la politesse d'usage, le billet de Taine, auquel Nietzsche avait adressé son ouvrage, nourrit d'extravagantes idées de reconnaissance et d'alliance. En vérité, il n'y a qu'un seul disciple. Peter Gast, l'éphémère compositeur, consacre son existence au maître. Secrétaire, agent littéraire, messager, hôte de son idole souffrante, Gast arrache maintes fois Nietzsche à son désespoir suicidaire. Telle était la toile de fond des relations de Nietzsche avec C. J. Burckhardt, son ancien collègue de Bâle. D'abord estime mutuelle, voire proximité. Mais bientôt le patricien historien de la culture, l'homme de la discipline intérieure recula. Il devina en Nietzsche des symptômes de chaos, de mégalomanie. S'il le trouva compatissant, l'effondrement de Nietzsche ne le surprit point. Pour sa part, le prophète errant s'était efforcé de toucher l'intelligence de Burckhardt, d'obtenir d'un esprit qu'il admirait quelque geste d'empathie, de réponse éclairée. Ses cris fiers restèrent sans réponse.

L'écolier de quatorze ans en était déjà arrivé à un programme iconique. L'archétype du maître est celui du sage qui se retire en haut lieu, puis en redescend. Son enseignement attire à lui des disciples, mais les incitera à l'abandonner. La sagesse ésotérique est formulée en paraboles. Dans le projet d'épopée didactique que caresse l'adolescent, les présences exemplaires se nomment Empédocle et Jésus,

Bouddha et Zoroastre. Moïse descend du Sinaï dans une rage visionnaire :

Auf nackter Felsenklippe steh ich
Und mich umhüllt der Nacht Gewand
Von dieser kahlen Höhe seh ich
Hienieder auf en blühend Land.
Ein Adler veh ich schweben
Und mit jugendlichen Muth
Nach den goldnen Strahlen streben
Steigen in die ewge Gluth.

Je suis debout sur la falaise nue,
Enveloppé d'un manteau de nuit.
Depuis ces hauteurs désolées mon regard
Descend jusqu'à un pays couvert de fleurs.
Je vois s'envoler un aigle
Qui avec le courage de la jeunesse
S'élance à la poursuite des rayons dorés,
Et montant s'enfonce dans le brasier éternel[16].

Ajoutez-y la figure de Klingsor dans le *Parsifal* de Wagner et l'épiphanie que Nietzsche connut dans l'Engadine, et vous avez toutes les composantes de Zarathoustra.

L'idée de ce « cinquième Évangile » terrasse Nietzsche au midi de la solitude à Rapallo. Il l'absorbera de janvier 1883 à février 1885 (la première édition unifiée ne paraît qu'en 1892, quand Nietzsche habite la « nuit » de la folie, l'*Umnachtung*). Le livre I flamboie de la promesse, et de la révélation aux disciples élus, puis au monde, du « surhomme » à venir. Par trois fois, le maître descendra de sa caverne montagneuse afin d'instruire les trois ordres (platoniciens) de l'humanité : les gens ordinaires, la caste des guerriers et les philosophes-poètes pour qui Nietzsche avait rêvé d'un *castello* monastique. Le livre II déborde de déception. Le maître est rejeté, voire tourné en dérision. S'efforçant de dévoiler à ses disciples le secret de « l'Éternel Retour », du temps cyclique et de la fatalité acceptée, Zarathoustra échoue. Sa voix s'épuise. Ceux qu'il enseignait ne sont pas des « hommes », mais de simples « fragments d'hommes ».

Formellement, le livre III peut se lire comme un drame inspiré de Sophocle et de Hölderlin. Dans la ville frappée par la peste, les disciples se dispersent. Le message de « l'Éternel Retour » les terrifie. Zarathoustra périt dans un acte de violence tragique. Mais Nietzsche abandonna ce scénario. Nous avons à la place l'ample monologue du sage, son « Chant de la nuit » et son retour au monde des êtres humains ordinaires. Le quatrième livre, imprimé à quarante exemplaires — dont sept que Nietzsche, brûlant d'obtenir une réponse, envoya —, est une série de fragments énigmatiques. Zarathoustra se présente lui-même en « pêcheur d'hommes », en référence à Jésus, certes, mais aussi au modèle orphique et pythagoricien, notamment au *Piscator* de Lucien. Il écrit à son collègue de Bâle, Franz Overbeck : « De mon vivant, déjà, j'ai besoin de disciples. Si mes livres n'ont pas l'effet d'appâts, c'est qu'ils auront échoué dans leur intention. Le meilleur, l'essentiel ne peut se communiquer que *d'un être humain à l'autre*, il ne peut ni ne doit être rendu "public". » Observant sa frustration, les animaux avec qui il converse invitent Zarathoustra à abandonner la parole. Il doit apprendre à chanter, comme fit Socrate à l'heure de sa mort. Dans l'idéal, Zarathoustra doit « danser ce qu'il veut dire ».

Ainsi que le souligne Heidegger, Zarathoustra est lui-même un *Werdender*, il est « à venir ». Ses enseignements sont instables, voire contradictoires. D'où la difficulté accrue d'avoir des disciples. De même que l'art novateur, la musique, la littérature doivent créer leur public, les doctrines de Zarathoustra doivent créer des oreilles capables d'entendre la voix sans précédent du maître. Après la mort de Dieu, le Surhomme sera seul habilité à engager un dialogue authentique. Sans solitude, il n'y a point de vision ; sans auditoire, si restreint soit-il, nulle vérité ne saurait être révélée. Mais est-il permis à un maître de communiquer avec ceux qui sont peut-être trop faibles pour supporter ses révélations, avec ceux qui, inévitablement, les vulgariseront et les déformeront (comme si Nietzsche avait prévu la destinée de ses œuvres entre les mains des nazis) ? Zarathoustra ne tranche pas ce dilemme, propre à toutes les situations maître-disciple. Dans le livre II, en particulier, il se blâme d'être incapable de transmettre à ses *Jüngeren* ses perceptions ésotériques. Comme Wittgenstein, il sait que le disciple authentique est celui qui finit par rejeter le maître. Le vrai disciple ne peut être que celui qui « apprendra à se suivre lui-même ». La vertu prééminente du maître *(die Schenkende Tugend)* consiste à octroyer un don qui doit être repoussé. Non seulement les disciples quitteront Zarathoustra, mais ils devront le calomnier et le nier jusqu'au meurtre. Que le maître évite ce destin, et il rentrera au « grand midi ». C'est alors seulement que Zarathoustra et ses disciples seront devenus des cocélébrants et les « enfants d'un même espoir » :

> Vous ne vous étiez pas encore cherchés quand vous m'avez trouvé. Ainsi font tous les croyants, c'est pourquoi toute croyance importe si peu.
>
> Maintenant, je vous ordonne de me perdre et de vous trouver ; et quand vous m'aurez tous renié, alors seulement je reviendrai parmi vous. [...]
>
> Et le grand midi, c'est l'heure où l'homme, parvenu au milieu de la voie qui va de l'animal au Surhumain, célébrera comme sa plus haute espérance le chemin déclinant du soir ; car c'est le chemin d'un nouveau matin[17].

Dante se tient aussi au mitan de son voyage. Depuis son salut à Brunetto, a-t-on vu définition de l'enseignement d'une concision plus inépuisable ? Devenir les « enfants d'un espoir ».

★

Le *Bildungsroman*, récit d'un mûrissement, d'une maturation intérieure *via* l'éducation et l'expérience, est une constante de la littérature allemande. Le genre compte des classiques comme *Parzival*, *Simplicissimus*, *Wilhelm Meis-*

ter de Goethe, le *Maler Nolten* de Mörike, *Der grüne Heinrich* de Gottfried Keller et, dans un mode tragique, le *Doktor Faustus* de Mann. La fascination du pédagogique s'est révélée pérenne, y compris dans ce qui était l'Allemagne de l'Est. La notion d'« éros pédagogue » pointe dans le programme de scolarisation et d'éducation esthétique d'un Schiller. *La Flûte enchantée*, de Mozart, proclame la pupillarité morale et esthétique. À ces idéaux ou fantaisies de culture disciplinée et d'obéissance joyeuse, *Les Désarrois de l'élève Törless*, de Musil, opposeront un farouche démenti tandis que Heinrich Mann en fera la satire dans *Professeur Unrat (L'Ange bleu)*. Le *Zarathoustra* de Nietzsche ajouta à cette tradition un aiguillon peut-être déroutant, mais fascinant.

Faute de *Divine Comédie*, le traitement allégorique le plus ample du thème maître et disciple se trouve dans le *Glasperlenspiel* (ou *Magister Ludi*) de Hermann Hesse (1943). Composé dans la nuit de la barbarie européenne, le roman eut l'effet d'un missel auprès des générations de l'après-guerre. Les variations qu'il fait entendre sur le nom *Meister* (*Weltmeister, Musikmeister* et *Lehrmeister*) sont d'une solennité sans précédent, quoique parfois trop sucrées. Leur sonorité ne s'est pas complètement estompée. Les éléments théologiques, métaphysiques, musicologiques et politiques que Hesse mit à contribution et entremêla, les aperçus prophétiques de la théorie des jeux et de l'ordinateur forcent le respect tout en inspirant une fascination presque troublante.

La « province pédagogique » et la *paideia* de Hesse ont des racines anciennes : dans l'orphisme et *La République*, de Platon ; dans le tao et le confucianisme ; dans le monachisme médiéval et les académies néoplatoniciennes de la Renaissance florentine ; dans les rites et la théosophie des francs-maçons. Le jeu des perles de verre lui-même incorpore les jeux de mots de la Kabbale, un faisceau de numérologies et la découverte par E. F. Chladni, à la fin du XVIIIe siècle, que les émissions d'ondes sonores feront apparaître des figures sur le sable dont on a recouvert une plaque de métal. La cosmologie, telle qu'on l'enseigne et la « joue » à Castalie, sort tout droit de l'imaginaire pythagoricien avec son univers musical qui est encore à l'œuvre chez un Kepler ou un Schopenhauer. On en trouve des antécédents spécifiques dans cette unification combinatoire de tout le savoir et de la mémoire promise par Raymond Lulle ou par Leibniz. Ces rêveurs exacts invoquaient les caractères chinois dans leur programme de code sémiotique universel et combinatoire à l'infini. Dans l'utopie de Hesse, un certain Ignotus Basiliensis mettra ce code en place autour de 2030 (conjecture frappante). Le jeu met en scène un « théâtre magique » dans lequel l'intellect peut formaliser et interpréter la réalité. Les « Grands Jeux » sont de nobles célébrations qui peuvent durer des jours ou même des semaines, comme dans un tournoi de go. Illimitées, se déployant d'elles-mêmes, les réticulations du savoir, de motifs insoupçonnés, sont des métaphores rationnelles qui nouent le cosmos et guident l'esprit humain vers l'harmonie des sphères. De crainte que les figurations du jeu ne dégénèrent en littéralisme ou en ornementation, le jeu doit être encadré par de strictes pratiques de méditation, des techniques de concentration dans l'abnégation telles que les ont enseignées l'ascétisme des cloîtres en Occident et le zen en Orient. Le Castalien ne connaît ni femme ni argent. C'est cet ascétisme de l'esprit qui a rendu possibles les fugues de Bach.

Pourtant, le jeu n'est ni théologie ni philosophie. Il est simplement et entièrement lui-même. Il éclaire la sage passivité et le mystère de l'aléa, à la manière du Yi-king ou de l'idéal heideggerien de la *Gelassenheit*. Quand le jeune Knecht, ou Valet, dont le nom est donc synonyme de service et obéissance, a soif de certitude, le *Musikmeister* l'admoneste : « La "doctrine" que tu réclames, l'enseignement absolu qui confère la sagesse parfaite et unique, cela n'existe pas. [...] La divinité est en *toi*, elle n'est pas dans les idées ni dans les livres. La vérité se vit, elle ne s'enseigne pas *ex cathedra*[18] » (*doziert* renvoyant ici à l'enseignement abstrait, académique). Du pur Spinoza. De surcroît, suivant l'injonction de Zarathoustra, chacun de nous n'est qu'« un essai, un "chantier" ». Approchant du sommet de la hiérarchie à Castalie, Josef Knecht finit par percevoir les artifices et les complaisances qui peuvent imprégner ses abstentions de la mondanité. Lui qui doit être consacré Maître du Jeu comme l'a été Thomas von der Trave — silhouette gentiment ironique de Thomas Mann —, il descend dans le quotidien. Il devient précepteur d'un enfant doué. La mort de Knecht tient de l'épiphanie et du sacrifice. La noble fable de Hesse se termine par une parabole indienne chantant la merveille du «rapport [...] entre le maître et l'élève[19]».

L'homoérotisme imprègne en délicatesse le roman de Hesse. Il tourna à la parade dans le Cercle *(Kreis)* de Stefan George, poète et traducteur poétique d'une incontestable stature. Incarnant la mystique du maître, d'un *magisterium mysticum*, profondément influencé par Mallarmé, il conçut une forme de vie et une *praxis* tout à la fois ésotérique, voire occulte, et d'une portée politique intense. Une «élite de l'âme», choisie par le maître, secrète et néanmoins publique, devait restaurer les valeurs culturelles et morales d'une nation dégénérée. Là encore, opère le rêve d'Empédocle et de Platon. Le Cercle est fondé en 1882, en même temps que son périodique, *Blätter für die Kunst.* Lui-même d'une beauté léonine, George institue pour ses œuvres une typographie et une mise en page symboliques, employant le swastika hindou tel un emblème d'illumination solaire. Son *Teppich des Lebens* proclame, quoique dans un style hermétique, la mission de George : être le professeur et le maître-chanteur de l'âme allemande. En 1903, à Munich, le rhapsode rencontre un acolyte de quinze ans en qui il reconnaît l'incarnation de la beauté parfaite. De ce Maximin, qui meurt un an plus tard, George et son cénacle feront une idole. *Le Septième Cercle* (1907) est un hymne à une nouvelle élite, jeune et virile, qui renouvellera une civilisation décrépite — «*gone in the teeth*», dira Ezra Pound presque à la même date. *Der Stern des Bundes*, en 1911, et *Das Neue Reich*, en 1928, invoquent une Allemagne à venir digne de Hölderlin. Les deux titres prennent bientôt une actualité menaçante. Les nazis essayèrent de s'approprier la mystique oligarchique de George, lequel reconnut dans l'hitlérisme une grossière parodie de sa conception de l'autorité du chef apostolique. Lui-même aurait pu être le vrai *Führer*. Stefan George s'exila et mourut en Suisse fin 1933.

Il eut parmi ses disciples des poètes, des historiens, des savants et de jeunes patriciens qui nourrissaient des ambitions militaires et diplomatiques. Comme dans le cas de Heidegger et avec une ambiguïté analogue, le *Kreis* compta des Juifs. Son modèle scénique était celui du *Banquet*, dont les rites étaient effectivement accomplis en costumes à l'antique. Nous retrouvons la typologie de l'élection, de la foi fervente et, à l'occasion, de la trahison. George revendiquait son autorité prophétique jusque dans la vie privée de ses disciples. Quitter le Cercle était inadmissible. En être chassé équivalait à une « condamnation à mort ». D'aucuns, comme Hofmannsthal, s'émancipèrent. Rudolf Borchardt, lui-même grand poète et savant, se transforma en âpre adversaire. Entrer en contact avec le maître changeait la vie.

Avec un surcroît d'intensité, le *George-Kreis* illustre un phénomène assez répandu à la fin du XIXe et au début du XXe siècle. Il suffit de penser aux Apôtres de Cambridge, au culte pseudo-rosicrucien entourant Mme Blavatsky (et que partagea Yeats), à la Fraternité *(Brotherhood)* des préraphaélites dans l'art anglais, au culte de Gurdjieff, dans lequel Katherine Mansfield se laissa embringuer, voire à Bloomsbury, par certains côtés. Pourquoi cette prolifération ? L'esthétisme imposait de fuir le *vulgus profanum* de la société industrielle et de la consommation de masse. Ces diverses « cellules » partageaient la conviction, d'origine souvent nietzschéenne, que la rénovation ne pouvait venir que d'une révélation initialement occulte et de la formation de disciples. Le socialisme singulier d'un Shaw porte clairement des traces de cette intuition. Ce « gourouisme » esthétique est probablement une riposte en partie subconsciente à l'émergence d'idéologies politiques dictatoriales et de figures de *Duce* dans le léninisme, le fascisme et le national-socialisme. Les nazis auront leur mythologie kitsch de l'élection aryenne, avec la cérémonie d'initiation aux flambeaux et les serments de fidélité jusqu'à la mort dans les *Ordenburgen* des SS.

Dans le magistère de Stefan George, trop de choses sonnent creux désormais. Mais il est racheté par son épilogue tragique : le massacre de bon nombre de ses disciples qui avaient comploté contre Hitler dans le courant de l'été 1944.

La typologie du recrutement et de ses élus, de la condition de disciple et de la trahison caractérise un mouvement attaché aux idéaux de la recherche scientifique, du diagnostic rationnel et de l'universalité. La tragi-comédie des relations de Freud avec ses disciples va bien au-delà des limites de cette courte étude. Elle a suscité toute une littérature secondaire proche de la farce dans ses minuties acerbes. Freud offre des bagues, gravées au motif talismanique du Sphinx, à six dauphins. Avec le maître, ils forment ce que George avait appelé *Der siebente Ring.* Les élus doivent préserver l'orthodoxie du credo psychanalytique et la perpétuer après la disparition du maître. De farouches jalousies se déchaînent autour du thème du « prince héritier », de la première place dans la confiance et l'héritage de Freud. Les « transferts », que la psychanalyse comprend comme une forme d'homoérotisme refoulé, foisonnent. La rébellion conduit Jung, Rank et Adler à créer leurs propres écoles, à entrer dans une dissidence plus ou moins amère avec le maître. Wilhelm Reich devient le plus véhément de ses détracteurs.

Attristé, Freud n'aurait pu en être surpris. Le parricide était présent dans sa lecture centrale d'Œdipe. La civilisation était née du meurtre du père. S'étant identifié à Moïse, et ayant perçu le destin de la psychanalyse comme une longue traversée du désert, Freud a dû deviner que Jung serait son Aaron, et Adler un « Judas ».

Dans *Le Séducteur quitté* (*Flight from the Enchanter*, 1956), largement inspiré de la personne d'Elias Canetti, Iris Murdoch saisit l'angoisse du disciple. Le maître devient par moments la « personnification même du mal[20] ». La « discrétion d'airain » qu'il impose, la « disponibilité totale » requise de son cercle, deviennent parfois insupportables. Combien éprouvèrent à l'égard de Freud ce qu'Iris Murdoch dit de Mischa Fox : « Au dernier moment et sans raison apparente, il y avait toujours un revirement, une affirmation de pouvoir, le signe d'une complexité qui la dépassait[21]. » Le disciple fuit ou trahit, afin de sauver son identité de l'insupportable charisme du maître.

Pour citer Heine, « C'est une histoire très ancienne [...] / Celui qui vient de la connaître / Son cœur se brise et se fend[22] ».

CHAPITRE V

En pays natal

Une généralisation, suspecte comme toutes les généralisations. Mon thème va contre le grain américain. L'irrévérence est aussi américaine que la tourte aux cerises. Le mot même de « maître » est souillé par l'esclavage. Il y eut, il y a de grands professeurs américains : Emerson, d'abord et avant tout, Oliver Wendell Holmes Jr., Charles Eliot Norton, John Dewey, Martha Graham. Dans l'Amérique rurale, en particulier, la *schoolmarm*, la « maîtresse d'école », entre dans le folklore et la légende. Mais le contexte des formalités, la cléricature explicite et le *magisterium* propres à la culture européenne, le prestige social de l'intelligence hors gratifications économiques sont, au mieux, marginaux dans l'entreprise américaine. Une entreprise faite d'innocence adamique et de découverte, d'un talent soustrait à l'endoctrinement *(doziert)* et qui s'est fait tout seul. Les établissements secondaires d'élite qu'il peut y avoir (ou qu'il y a eu) en imitation des *public schools*, des grands collèges privés anglais, s'accommodent mal de l'attachement à l'idéal égalitaire, à un idéal populiste de justice sociale. La mythologie, le rôle social du *Gymnasium*, des « grandes écoles » — quel bénéfice en a tiré une Europe déchirée, barbarisée ? — sont étrangers à la scène américaine. Ainsi, le « cher maître » n'a pas de traduction dans l'idiome américain. Que je doive le titre anglais de cette étude, *Lessons of the Masters*, à un Américain est une anomalie. Mais Henry James, on l'a vu, acquiert la rubrique du « maître » dans une matrice entièrement européenne, celle de Tourgueniev et de Flaubert. Les contemporains américains, y compris William James, trouvaient l'usage étrange, sinon risible. La didactique n'en avait pas moins des racines profondes chez Henry James. Ses carnets se lisent comme des leçons particulières de moi à moi, le critique instruisant, encourageant ou rudoyant le créateur auquel il assigne et prescrit des tâches exemplaires.

En partie inspiré de la vie de Daudet, *La Leçon du maître*, de James, paraît dans le courant de l'été 1888, un an avant *Le Disciple* de Bourget. Paul Overt — notez l'allégorie du nom — est un jeune aspirant qui a contracté une « immense dette personnelle » envers cette « grande source première » qu'incarne Henry St George, le grand romancier fourvoyé. Quoi qu'il en soit de son déclin ultérieur, le « maître pardonnable » a produit *une* œuvre d'art parfaite. Ce précédent enflamme l'imagination d'Overt, même s'il voit bien ce que la condition d'artiste a de parasitaire en comparaison de l'homme d'action. Il espère la « formidable communion » entre maître et disciple, alors même que St George se présente comme un « animal fatigué, affaibli et usé[1] ». La leçon qu'il fait passer est aux antipodes de la mémorable leçon donnée à Lambert Strether dans *Les Ambassadeurs* : « Ne devenez pas dans votre vieillesse ce que je suis devenu dans la mienne : l'illustration déprimante, déplorable, du culte des idoles ! » Le romancier célèbre a succombé à la mondanité : « Restez chez nous et traitez des choses d'ici — traitez les sujets que nous pouvons jauger. » Overt : « Je ferai tout ce que vous me direz. »

C'est la voix de James qui résonne à travers l'hymne de St George à la traduction esthétique de la vie : inépuisablement, « une idée surgit — du cœur du réel — et vous démontre qu'il y a toujours quelque chose à faire[2] ». La « digne perfection » est une fatalité. Le vitalisme de James touche celui de Nietzsche. Les quarante volumes de St George sont, finalement, du « papier mâché ». Il a trahi. Trahi la « grande chose ». Lui est interdite la conviction, « le sentiment d'avoir fait de son mieux — ce sentiment qui est la vie même de l'artiste et dont l'absence signifie la mort, celui d'avoir tiré de son instrument intellectuel la plus belle musique que la nature y avait cachée, d'en avoir joué exactement comme il fallait en jouer». Le mariage est une entrave : «Les femmes ne savent pas ce que peut être un tel travail» (Nietzsche, encore une fois). Le disciple aurait-il écrit les trop nombreux livres du maître qu'il se «tirerait une balle dans la tête[3]». Le véritable artiste doit être capable «d'être pauvre». La coda est implacable : «Si seulement vous m'aviez laissé tranquille», lâche l'acolyte à son maître[4].

L'enjeu n'est autre que l'axiome du «choix» de Yeats : «la perfection de la vie ou de l'œuvre». Au dénouement de sa nouvelle, James chancelle. Le titre de l'*opus magnum* du maître, *Shadowmere (Le Lac des ombres)*, est facile. Pour Paul Overt, il est devenu un «*mocking fiend*», un «monstre de cynisme[5]». Comme souvent dans la fiction américaine classique, le thème de Faust est à portée de main.

Attentif aux modèles d'introspection chez saint Augustin, Montaigne et Rousseau, *The Education of Henry Adams*, publié à compte d'auteur en 1906, demeure un texte profondément américain. Conditionné par ses travaux d'historien, ses biographies d'Albert Gallatin et de John Randolph, mais essentiellement par ses expériences à Washington, Adams se distinguait par un investissement typiquement américain dans l'action politique. L'objet de l'éducation était la vie publique. Mais la désillusion était inhérente aux conflits entre le scrupule intellectuel et les impuretés du démocratique. Une «Lettre aux enseignants» laisse entrevoir l'échec nécessaire. À Chartres, Adams avait vu le «bonheur de son aspiration s'envoler dans le ciel». Tel était, au fond, le mouvement idéal de l'esprit et de l'éducation. La politique et les relations opaques entre l'énergie et la compréhension empêchaient son accomplissement. L'essai de R. P. Blackmur (1936), avec le New Deal en toile de fond, dit les choses succinctement : l'éducation de Henry Adams était un «exemple représentatif de l'éducation, mais d'une éducation poussée jusqu'à l'échec, par opposition à l'éducation ordinaire qui s'arrête à la formule du succès». Ainsi, chez Henry Adams, «l'espoir de son cœur était le désespoir de son âme» — l'âme étant ici prise au sens de saint Thomas, c'est-à-dire de siège de l'intelligence en plein effort. Il avait espéré que l'écart pourrait être comblé chez certains acteurs éminents du processus historique. Mais, méditant sur Lincoln, Garibaldi ou Gladstone, Adams les trouva superficiels. *The Education* est un classique du désenchantement.

Le jeune Adams se lança dans la quête délibérée de maîtres. Harvard devait être la première de ses nombreuses désillusions : « Le travail de quatre années aurait aisément pu être résumé en quatre mois de travail dans l'au-delà. » La seule exception était les cours de Louis Agassiz sur la paléontologie et les ères glaciaires, qui ont bien pu éveiller l'intérêt d'Adams pour les temporalités. L'Allemagne fit signe : Goethe était de la même stature qu'un Shakespeare, Kant un législateur surpassant Platon. Déjà, James Russell Lowell avait importé d'Allemagne la pratique du séminaire. Il y eut d'abord le choc de l'« éducation sensuelle » procédant de la rencontre avec la cathédrale d'Anvers et la *Descente de Croix* de Rubens. « Le goût de la ville était épais, riche, mûr, comme du vin doux. » S'agenouillant au pied du tableau de Rubens, Adams « apprit seulement à abominer la sordide nécessité de se relever et de vaquer à ses stupides affaires ». L'enseignement supérieur allemand n'était pas loin d'être « une nuisance coupable ». Le « rire juif de dérision d'un Heine » résonnait à travers les prétentions creuses de l'université de Berlin et de sa culture civique. La puissance de Beethoven s'imposa spontanément à l'attention d'Adams : « Parmi les merveilles de l'éducation, ce fut la plus merveilleuse. » Mais on ne saurait parler d'éducation à propos de cette expérience, « car il n'avait jamais vraiment écouté la musique. Il était occupé par d'autres choses ». Il lui faudrait encore quarante ans pour pénétrer le monde du *Ring* de Wagner.

Ce sont là d'extraordinaires notations, que l'on soupçonne volontairement confuses et contradictoires. Elles trahissent non seulement un Henry Adams familier des efforts de Kant et de Schiller pour faire la part de l'éthique et de l'esthétique dans l'éducation de l'homme, mais aussi une méfiance profonde envers l'esthétisme fin-de-siècle et un platonisme suspect à la Walter Pater. Adams à Anvers, subvertissant sa propre épiphanie, tranche avec l'arrivée de l'« ambassadeur » de Henry James dans l'éclat antique de la ville romaine de Chester. Peut-on imaginer que Henry Adams ignorait le traité de Julius Langbehn, *Rembrandt als Erzieher (Rembrandt éducateur)*, avec son identification immensément influente de l'éminence artistique et du destin national et son insistance sur le rôle « teutonique et titanesque » de Beethoven ?

Une comparaison minutieuse des effets, brutaux et obliques, de la guerre de Sécession, à laquelle ni l'un ni l'autre ne prit part, sur James et sur Adams, serait profitable. Pour Adams, elle devait faire du « savant une victime et le transformer en juge sévère de ses maîtres ». Cette découverte ne lui procura aucune joie. « La démolition de ses idoles est chose douloureuse, et Carlyle en avait été une. Le doute jeté sur sa stature se propagea en ténèbre générale, telles les ombres d'un crépuscule. Avec les idoles, c'est la foi elle-même qui tomba. Si Carlyle était lui aussi une imposture, qu'en était-il de ses maîtres et de son école ? » Les archanges de la poésie, Hugo, Landor, finirent par le lasser. Et *quid* des grands auteurs de système, des prophètes séculiers ? Quelque « trait étroit de la nature de la Nouvelle-Angleterre » le retint de se convertir au marxisme. Ce qu'il lui restait de positivisme comtien et son accès à la géologie le tournèrent vers l'évolution darwinienne. William Henry Seward, l'austère secrétaire d'État de Lincoln, était un authentique « maître de Sagesse », mais il sortit de la vie et des espoirs politiques d'Adams. Comme pour Henry James, la mort soudaine d'une sœur, Louisa Catherine, renversée par un taxi, marqua un tournant : « Alors commença la dernière leçon : la somme et le terme de l'éducation. » Bien des choses l'attendaient encore, mais dans la lumière incertaine d'un été indien. Professeur à Harvard, héritier d'un magistère auquel il ne se sentait pas vraiment habilité, Henry Adams, qui avait joué les Don Quichotte « en quête d'éducation [...], dut maintenant le vendre » :

> De Zénon à Descartes, main dans la main avec Thomas d'Aquin, Montaigne et Pascal, on trébuchait aussi stupidement que si l'on était encore l'étudiant allemand de 1860. Il fallut l'instinct du désespoir pour se plonger de force dans le maquis épais de l'ignorance après avoir été rebuté à une multitude d'entrées plus prometteuses et plus populaires. [...] Le secret de l'éducation se trouvait encore quelque part derrière l'ignorance, et l'on tâtonnait tout autour plus mollement que jamais.

Presque tacitement, la vérité maîtresse s'insinue dans la conscience du lecteur de ces mémoires parfois pâteux, mais fascinants. La mort est le seul maître authentique.

Henry Adams ne devait jamais complètement abandonner le rêve de la fiction. *Esther*, son deuxième roman, lui paraissait plus riche de sens que tous les tomes de ses écrits historiques. C'est l'un de ses liens avec Lionel Trilling, l'un de mes prédécesseurs à la chaire Charles Eliot Norton de Harvard. *The Middle of the Journey* est sous-évalué. Avec *Democracy*, d'Adams, et *All the King's Men (Les Fous du roi)*, de Robert Penn Warren, il fait partie d'une même petite constellation de la fiction politique américaine. Ailleurs, Trilling examine les énigmes des rapports entre maîtres et disciples. La trame qui l'inspire est double : le judaïsme inquiet de Trilling, qui le rendait vigilant à cette relation au fil des traditions talmudiques et hassidiques ; et son intérêt passionné pour Matthew Arnold, qui l'amena à évoquer un homme de lettres lui-même immergé dans les préoccupations pédagogiques et la transmission des « valeurs ». De surcroît, l'« hébraïsme » avait toujours été une des préoccupations dominantes d'Arnold.

Dans « Of This Time, Of That Place » (1943), le campus est une pastorale. Se préparant à donner son premier cours de l'année, Joseph Howe se résout à ouvrir cet enseignement par une discussion, « mais mon opinion vaut plus que celle de quiconque ici ». Entre, dans un « formalisme héraldique », un certain Tertan, Ferdinand R. La sape est immédiate. L'essai assigné ne serait pas pour Tertan « un sujet improvisé». Souriant de son «étrange bouche», Tertan (dont le modèle serait Allen Ginsberg, qui suivit les cours de Trilling à l'université de Columbia) s'efforce de définir Howe comme un maître au «sens français» du terme. Être un maître digne de ce nom, c'est prendre sa place dans la lignée de Kant, de Hegel et de Nietzsche. Dans son élève rebelle, Howe entrevoit «un étudiant du Moyen Âge qui prend congé d'Abélard». Tertan remet une copie prétentieuse, pseudo-lyrique, saisissante d'originalité. Howe lui-même est un poète d'une veine des plus ténues, disposé à «se la couler douce» sans faire de vagues au sein de l'université. Il tombe sur un compte rendu qui fustige sa préciosité ésotérique. Fatalement, Tertan a lu lui aussi l'éreintement, mais se dit admiratif de l'intention de Howe et professe son mépris pour le critique. Il y a de la «tendresse» dans l'air entre le maître et l'élève.

La classe lit *Les Revenants*, d'Ibsen. Tertan frappe au cœur même, mais enveloppe sa perception d'une insondable verbosité : «Oh, le garçon était fou, et soudain le mot, employé presque en hyperbole, visant presque à exprimer une admiration exaspérée, se fit littéral. Maintenant que le mot était prononcé, il apparut simplement à Howe que Tertan était fou.» «Vous me semblez impliqué», observe le doyen à son enseignant consterné. Et le gribouillage de Tertan au doyen révèle à son tour à Howe «un pouvoir de l'amour». En vérité, le «pitoyable Tertan le prit rudement en pitié, et le réconfort lui vint de l'esprit à jamais inconsolé de Tertan». Le verdict médical sur Tertan est implacable. Il résulte d'«instruments de précision» inhumains, ainsi que Tertan définit l'appareil photo qu'il serre dans ses mains en marge d'une cérémonie de remise des diplômes dont il est écarté. Howe est frappé de plein fouet par la sensation du «triple cercle de solitude» que le garçon a tissé autour de lui. En même temps, cependant, Howe devine que c'est *lui* qui fait pitié, que l'échec est le sien. Il abandonne Tertan en homme plus triste et plus sage.

«The Lesson and the Secret», de 1945, est une vignette plus légère. Vincent Hammell, brillant en théorie mais bon à rien d'un point de vue pragmatique, enseigne les « techniques de création littéraire » à neuf dames riches qui, jusque-là, n'ont rien vendu à aucun magazine. Ces aspirantes soupirent après un guide et agent « qui pourrait leur donner le bon tuyau ». Hammel leur lit une histoire il est vrai captivante. Chez ses auditeurs, pourtant, dans ce « moment de détente et de rêvasserie, il y avait je ne sais quoi d'archaïque et de mythologique, quelque danger latent. C'est ainsi que les femmes de Thrace avaient dû s'asseoir autour d'Orphée avant que l'occasion ne se présentât de se déchaîner contre lui ». La vieille Mrs Pomeroy, qui avait naguère mentionné Bourget !, dit sa gratitude pour la merveille qu'est la littérature. Mais c'est Mrs Stocker qui déclenche la révolte en posant la seule question qui ait vraiment du sens : « Cet auteur se vend bien ? »

*

Le complexe maître/disciple n'est aucunement limité au domaine de la religion, de la philosophie ou de la littérature. Il n'est circonscrit ni par le langage ni par le texte. C'est une réalité de la vie entre les générations, propre à toute espèce de formation et de transmission, dans les arts, dans la musique, dans l'artisanat, dans les sciences ou encore dans les sports ou la pratique militaire. Les élans de fidélité aimante, de confiance, de séduction et de trahison sont partie intégrante de l'enseignement et de l'apprentissage. L'éros de l'instruction, de l'imitation puis de l'affranchissement est aussi enclin aux crises et aux ruptures que celui du sexe. Les tensions qui se concentrent et se libèrent dans une *conversazione* platonicienne, autour d'une table de séminaire, se retrouvent dans l'atelier, au conservatoire ou au laboratoire. Des formes identiques de rivalité, de jalousie, de convoitise autour de la succession, de semblables tactiques de trahison opèrent dans l'atelier ou le cours du maître. Notre triple paradigme — le maître détruisant son disciple, le disciple qui trahit ou détrône son maître, l'arc électrique de la foi partagée et de la paternité — est omniprésent.

La recherche montre combien l'art éminent est souvent collectif. À de nombreuses périodes, notamment au Moyen Âge et à la Renaissance, des maîtres commandent une escouade d'assistants ou d'apprentis. Derrière la silhouette du patron, des petites mains complètent le paysage. L'atelier est un lieu de travail dont les techniques d'assemblage et de substitution anticipent celles de la manufacture. Dans ce milieu — Vasari en témoigne inlassablement —, les jalousies, la concurrence (parfois homicide) et le plagiat vont bon train. Le même mécanisme, précisément, caractérise le conservatoire de musique, avec les cours de composition et d'exécution que donne le maître. Dans une étude d'architecte, étudiants et acolytes essaimeront à leur tour pour créer leurs cabinets concurrents. Comme les orfèvres de Nuremberg, ou les tapissiers d'Anvers, ils essaieront de détourner la clientèle de leurs rivaux. Trop souvent, le profane imagine la recherche scientifique comme un espace de concorde olympienne, une Arcadie où règne l'équité. Le travail en équipe dans les sciences, dans le laboratoire d'un patron, peut être chargé de jalousies, d'un égoïsme et d'une concurrence acharnée. Sous quels noms les résultats seront-ils publiés? Cette *invidia* est devenue plus aiguë à mesure que l'économie de la réussite a pris de l'ampleur tandis que les financements se faisaient plus précaires. Dans toute entreprise humaine ou presque, l'apprenti se fait critique, négateur ou rival de son maître. La dynamique n'est jamais plus complexe que lorsque les techniques, l'application de la peinture, le coup d'archet sur le violon, la préparation d'une épure, sont inséparables du stimulus et de l'inspiration exemplaires. Quand la maîtrise est autant celle de la sensibilité que de la main. La musique en est un exemple souverain.

Nadia Boulanger aura eu la trajectoire d'un météore. Élève au conservatoire de Paris dès l'âge de neuf ans, elle donna bientôt la «promesse de magnifiques choses à venir». En 1903 suivit un premier prix d'harmonie. À treize ans, Nadia fit ses débuts publics à l'orgue et au piano. Fauré fut son maître inspiré et sa pierre de touche durable. Diplômée et couverte de lauriers, en 1904, Nadia Boulanger n'avait pas vingt ans qu'elle commença à enseigner à son tour, inspirant tout à la fois crainte et respect à ses élèves. Elle inaugura une carrière de concertiste au printemps de 1905, introduisant la première le clavecin pour jouer Bach et se mettant sérieusement à la composition. Distinguée par un deuxième prix de Rome seulement, en 1908, Nadia cristallisa les protestations féministes contre l'injustice académique et professionnelle. Le brio de sa petite sœur, Lili, qui avait maîtrisé la musique avec une facilité déconcertante, ne fit que compliquer les choses. Lili décrocha le prix de Rome en 1913, et fut la première femme ainsi honorée. Cette même année marqua aussi les débuts de la célébrité de Nadia Boulanger comme pédagogue. Les élèves doués affluèrent vers elle. Le premier enfant prodige dont elle eut à s'occuper, Jacques Dupont, lui fut confié dès l'âge de deux ans. Une ruche informelle de filles plus âgées, la « société Nadia Boulanger », bourdonnait autour du maître. Déjà courait la légende qu'elle n'aurait pas droit à un poste de professeur à part entière au conservatoire parce que les exercices qu'elle donnait étaient trop exigeants. La mort de Lili, en mars 1918, le niveau de ses compositions confirmèrent Nadia dans sa vocation d'abnégation. Désormais, elle ne serait qu'un maître suprême, vivant au milieu de ses élèves, dans ce qui était peut-être bien une façon d'« expier » les sentiments obsessionnels mais ambivalents qu'elle avait nourris envers sa cadette plus créatrice. Le culte posthume de Lili n'est jamais retombé.

Le premier élève américain de Nadia Boulanger était arrivé en 1906. L'entrée en guerre de l'Amérique inspira la formation d'un Comité franco-américain du conservatoire. Walter Damrosch dirigea à Paris. Avec la fin des hostilités, artistes, écrivains et musiciens américains affluèrent dans la capitale. Nadia attira les louanges des Américains et leur aide financière. Dirigée par Alfred Cortot, l'École normale de musique finit par accorder à Nadia Boulanger un poste prestigieux. À Fontainebleau fut créée sous son égide une école de musique pour les Américains, un conservatoire franco-américain. Le premier inscrit fut le jeune Aaron Copland. À la fin de 1925, Nadia Boulanger avait enseigné à plus de cent compositeurs et interprètes américains, dont Stanley Avery, Roger Sessions, Virgil Thomson, Donald Harris, Walter Piston et Elliott Carter. En termes d'effectifs comme de qualité, le *magisterium* de Nadia Boulanger est sans équivalent dans l'histoire de la musique. Son effet fut décisif : « Elle avait le sentiment que la musique américaine était sur le point de prendre son envol, comme la musique russe avait pris le sien dans les années 1840. Elle nous donna la confiance nécessaire pour aller de l'avant. » Ses pupilles furent présentés à ceux qui pouvaient lancer leurs compositions. Ainsi Copland fut-il présenté à Damrosch et à Koussevitzky. De nouvelles forces du ballet, Ninette de Valois, Balanchine, furent attirées dans l'orbite de Fontainebleau. À trente-cinq ans, Mlle Boulanger était une puissance internationale. Ses disciples constituaient une phalange d'une fidélité où se mêlaient révérence et affection.

Un premier séjour aux États-Unis, où l'attendaient parfois élèves et admirateurs, eut lieu en octobre 1924. On se souvient encore des conférences qu'elle donna en 1938 à Radcliffe. Faisant répéter des chorales, Nadia fit partager sa propre redécouverte de motets de la Renaissance, de Monteverdi, Schütz, Dowland et Campion. Elle fut la première à en revenir à Purcell et Rameau. Presque contre sa volonté, elle se réfugia aux Amériques en 1940. Là encore, ses conférences et ses cours particuliers lui valurent des disciples fervents. De retour au pays, au bout de vingt-trois ans de candidature, elle fut enfin nommée professeur à part entière au conservatoire. Gian Carlo Menotti et Leonard Bernstein furent de la nouvelle vague de ses étudiants américains. Les rebelles furent peu nombreux. George Antheil, George Gershwin jugèrent ses méthodes désagréables. À l'issue de longues études, Philip Glass rompit. À Paris, Messiaen et Jeune France avaient remplacé le néoclassicisme. Les conférences de Boulanger et ses cours du mercredi n'en conservaient pas moins une grande influence. Parmi les compositeurs français, Jean Françaix et Igor Markevitch proclamèrent leur dette envers la quasi mythique « boulangerie » de l'excellence musicale. Le contact avec la musique américaine ne fut jamais rompu. Le soixante-dixième anniversaire de Nadia Boulanger lui valut un hommage unique : « *Vive* Teacher », titra le *New York Times*. Sa vue faiblissante, mais l'oreille plus fine que jamais, Nadia Boulanger continua d'enseigner le chant choral. Jusqu'au bout, elle le fit de manière incomparable. Elle mourut à quatre-vingt-dix ans passés, en octobre 1979.

Ses vues et sa sensibilité étaient rien moins qu'hybrides. Attachée à l'expérience américaine, séminale dans l'histoire musicale de l'Amérique, jamais elle ne renia sa conviction que l'Europe était et continuerait d'être Athènes tandis que les États-Unis étaient destinés à être Rome. Alors qu'elle était entourée d'élèves d'origine juive, son culte de la discipline, de l'autorité inspiratrice, la conduisit à sympathiser avec le fascisme de l'Action française, antisémitisme compris ! Cela explique peut-être en partie son peu d'empressement à faire une place à Schoenberg. De fait, son oreille pour la musique contemporaine se révéla capricieuse : enthousiasmée par *Le Sacre du printemps*, à dix-neuf ans, les réponses de Boulanger à Stravinski furent par la suite ambivalentes. L'atonalité dérangeait cette disciple fervente de Fauré et, par la suite, de Lully. Elle se délecta de la virtuosité baroque de son élève John Kirkpatrick.

Qui n'a pas été l'élève de Boulanger ne saurait dire ce que devait être le charme de son enseignement. Les *dicta* semblent d'une généralité prodigieuse : « Je ne crois pas à l'enseignement de l'esthétique à moins qu'il ne s'accompagne d'un échange personnel. » À ses choristes de Radcliffe : « Ne faites pas simplement de votre mieux ; faites *mieux* que vous ne le pouvez ! » « Si seulement il m'était donné de pouvoir échanger mon meilleur contre le vôtre ! » Ou, en 1945 : « Le maître n'est que l'humus. Plus vous enseignez, plus vous entrez en contact avec la vie et ses résultats positifs. Tout bien considéré, je me demande parfois si le maître n'est pas le véritable élève et le bénéficiaire. » Dix ans plus tard : « Quand j'enseigne, je lance les graines. J'attends de voir qui les attrapera... Ceux qui s'en saisissent, ceux qui en font quelque chose, ce sont *ceux-là* qui survivront. Les autres, pfft!» Et dans le *Musical Journal* de mai 1970 : «On ne forme jamais un enfant avec *assez* de soin... Nous devons faire tout notre possible pour celui qui peut faire énormément, et c'est injuste au regard de la justice humaine. Mais la justice humaine est une petite justice.» (Comme Platon et Goethe y auraient souscrit!)

Les anecdotes illustrant la maîtrise technique de Nadia Boulanger abondent. Elles témoignent de sa capacité à repérer instantanément l'erreur ou la négligence la plus infime dans l'interprétation d'un élève; de sa colère contre toute forme de bluff en matière de composition ou de jeu; d'une mémoire incomparable. On soupçonne, cependant, que le génie est ailleurs, qu'il devait caractériser la discipline qu'elle enseignait. Son engagement en la matière fut absolu, «totalitaire» au sens le plus rare du terme. Son intuition axiomatique que le talent, la créativité ne sont pas sujets à la justice sociale sous-tendait non seulement son propre élitisme, mais aussi celui de ses élèves. Elle leur donna assez de confiance pour qu'ils devinssent ce qu'ils étaient. C'est là don suprême du maître. Comme le dit Ned Rorem en 1979 : «Pour ce qui concerne la pédagogie musicale — et, par extension, la création musicale —, elle est la personne la plus influente qui ait jamais vécu.» Rorem encore : Nadia Boulanger fut tout simplement «le plus grand maître depuis Socrate».

★

Pour Pindare et Platon, c'eût été une évidence. Si la philosophie, la littérature et la musique ont leurs maîtres et leurs disciples, il en va de même dans les sports. Sur la scène américaine, la figure du *coach*, de l'entraîneur, est iconique. Du dernier lycée de province jusqu'au sommet de la profession, le *coach* jouit d'une fervente estime. Les présidents de collèges et d'universités, pour ne dire mot des professeurs, touchent des salaires modestes en comparaison des rémunérations astronomiques des gourous du football ou du basket. Un président des États-Unis vint prononcer le discours d'adieu à «Bear» Briant, inspirateur de la «vague pourpre» de l'université d'Alabama. Mais, au chapitre de la renommée, Knute Rockne est souverain.

Ses talents étaient multiples : professeur de chimie, acteur et flûtiste de talent. Rockne s'imposa comme un orateur public aussi immédiatement reconnaissable qu'un Rudolph Valentino. D'origine norvégienne, il jouait pour Notre Dame lors de la fameuse victoire de 1913 sur l'US Military Academy — un match qui contribua à faire de la passe en avant une arme meurtrière. Entraîneur de football adjoint en 1914, il devint quatre ans plus tard entraîneur en chef et directeur sportif. Les treize saisons suivantes établirent un record inégalé : cent cinq victoires contre douze défaites et cinq matchs nuls. Trois titres de champion national. Avec leurs « quatre cavaliers » légendaires en défense, à l'arrière, et leurs « sept mulets » en ligne de mêlée, l'équipe de Notre Dame des années 1922-1924 était quasiment invulnérable. Le Magicien transforma la tactique, lançant des blitz à partir de la formation en T, faisant intervenir des éléments frais, ses « troupes de choc », dans le courant de la partie. Si extraordinaire que fût sa conduite des opérations sur le terrain, sa véritable éminence vient de ce qu'il engendra une lignée d'entraîneurs sans parallèle dans aucun autre sport (ou aucune autre entreprise pédagogique). Il fut, incomparablement, un enseignant d'enseignant, un maître dont les disciples devaient, à leur tour, disséminer et parfaire les doctrines.

Lorsqu'il trouva la mort, en mars 1931 au Kansas, dans un accident d'avion, plus de deux cents athlètes qui avaient joué pour lui avaient embrassé la profession d'entraîneur. Quatre-vingt-dix dans les collèges, près de quarante comme entraîneurs en chef. Qui avait joué sous la houlette de Rockne était assuré de trouver une place d'entraîneur sitôt diplômé. Douze entraîneurs en titre étaient des anciens de l'équipe de 1919 ; onze émergèrent en 1922, inculquant les idées de Rockne et ses techniques d'entraînement à travers le continent. Dans le Midwest en particulier, au Michigan, à Purdue, le modèle de Rockne créa de véritables centrales du foot et, par un processus de gloire osmotique, des centres universitaires. Le maître n'en soulignait pas moins avec force que ses méthodes étaient un livre ouvert. L'exécution de toute une série d'actions de base était réglée comme une chorégraphie, avec une discipline et une précision qui produisaient une assurance invulnérable. Knute Rockne considérait ses élèves comme une famille. Il entretenait des contacts personnels étroits, dispensant des conseils professionnels et personnels, envoyant des cadeaux de noces, prenant des nouvelles des épouses et des enfants. Réciproquement, d'anciens joueurs de Notre Dame, même quand ils n'étaient pas entraîneurs, se conduisaient en éclaireurs, suivant de près les opérations et lui adressant des rapports sur les adversaires. L'examen minutieux du style de Stanford contribua à la fameuse victoire de 1925 dans la Rose Bowl. Un « tuyau sur Carnegie Tech », d'un fidèle espion, permit à Rockne de venger sa première défaite à domicile en vingt-trois saisons.

À partir de 1922, les Rockne Coaching Schools enseignèrent la philosophie de Notre Dame et ses techniques. Des sessions d'été étaient organisées dans dix-sept endroits avec des joueurs de Notre Dame comme instructeurs. De ce fait, des milliers de mentors, dans les collèges et les lycées, devaient adopter les axiomes de Rockne et ses techniques de jeu. Cet « arbre d'entraînement » porta d'illustres fruits. C'est de lui que sortirent « Bear » Briant et Vince Lombardi (des Green Bay Packers du Wisconsin). À Notre Dame même, Frank Leahy s'imposa en héritier novateur.

Toute cette généalogie demeure d'un intérêt historique et méthodologique extrême. Une distraction locale, par bien des côtés ésotérique — le football américain *ne parle pas* le langage universel du foot, d'une *Cupa mundial* —, devenue une passion nationale largement due au génie d'un maître. Quelle autre *paideia* a été à ce point prolifique d'excellence ? Les disciples de Rockne formèrent une troisième génération de didacticiens. Nombre de leurs pratiques ont survécu dans le jeu changeant du XXIe siècle. D'une manière ou d'une autre, Knute Rockne a su illustrer et transmettre un sens commun de la victoire techniquement au point. Il n'y a pas eu de Pindare pour immortaliser ses prouesses charismatiques, mais lors de ses obsèques plus de cent mille personnes firent le voyage de South Bend pour le pleurer. Davantage que pour le grammairien de Browning.

*

Aux États-Unis, au cours des dernières décennies, deux mouvements, deux pathologies ont érodé la confiance entre maître et disciple, entre enseignants et enseignés.

Éros et enseignement sont inextricables. C'est vrai avant Platon et après Heidegger. Les modulations du désir spirituel et sexuel, de la domination et de la soumission, l'interaction de la jalousie et de la foi, sont d'une complication, d'une délicatesse qui défient l'analyse exacte (dans son séminaire sur *Le Banquet*, Leo Strauss jugea presque impossible de traiter la question de l'amour). Les composantes sont plus subtiles que la simple question du genre, que les démarcations entre homo et hétérosexualité, entre les relations jugées conventionnellement licites ou celles qui sont interdites avec les jeunes. Les renversements de rôle sont constants : c'est Béatrice, l'enfant bien-aimée, la femme adorée, qui devient le maître-maîtresse de l'âme du Pèlerin. Dans les sonnets de Shakespeare, le pas de deux de l'instruction et du désir, de l'effusion et de la réception touchent à des profondeurs qui défient la paraphrase. La possession physique consommée elle-même n'est que petite chose en comparaison de la redoutable imposition des mains, implicite dans l'enseignement, sur la chair vive d'un autre être humain, sur son épanouissement. Un maître est l'amant jaloux de ce qui pourrait être.

Il est, sans conteste, des dangers. L'éros de l'intelligence, plus farouche qu'aucun autre, peut se fondre en concupiscence. Il peut donner le déclic d'une exploitation sadique, tant mentale que physique. Les perceptions d'une telle dégénérescence abondent chez Balzac, chez Dickens, dans le *Portrait de femme* de Henry James. Les besoins et les espoirs affectifs ou professionnels de l'élève, sa dépendance psychique et matérielle à l'égard des faveurs du maître peuvent provoquer des pressions sexuelles, voire les susciter. Socrate dans *Le Banquet*, le « Magister Ludi » dans la fable de Hesse ont une conscience aiguë du piège. Wittgenstein aussi paraît en avoir été troublé. À un niveau moindre, de telles exactions produisent la catastrophe. S'il est dans la maîtrise, le pédagogique, un « péché contre l'Esprit-Saint », c'est bien dans l'exploitation sexuelle de l'élève en échange d'une recommandation ou d'un avancement. Que cet échange puisse être initié par la victime, qu'espoir et calcul se mêlent dans les faveurs sexuelles offertes en situation d'enseignement, ne fait que rendre le troc plus laid encore. La soumission peut être le plus effrayant des assauts.

À ce thème d'une immense complexité, plus ancien qu'Alcibiade ou le « disciple bien-aimé », le « harcèlement sexuel » à l'américaine n'a fait qu'ajouter menace et banalisation, cynisme et art du chantage. L'intimité du ton entre enseignant et étudiant, la chaleur spontanée ou le geste naturel sont devenus coupables. Il faut laisser les portes ouvertes, de crainte qu'on abuse de l'intimité. Des vies irréprochables ont été piloriées ou détruites par des accusations qui, par leur nature comme par leur tranchant hystérique, sont quasiment impossibles à démentir. La rosserie sévit particulièrement dans les humanités, où les jeunes femmes représentent désormais la grande majorité des élèves et où la littérature et les arts sont inévitablement chargés d'un contenu et de suggestions érotiques. Que certaines accusations de harcèlement aient été justifiées, qui le nierait ? Qui contestera que la compétition acharnée pour les postes universitaires ait entraîné des abus ? En de trop nombreux cas, cependant, ces accusations ont été le fruit d'une hystérie mensongère, d'une frivolité opportuniste. Et le coût en a été ruineux. *Oleanna*, de David Mamet, ou, dans un cadre sud-africain, *Disgrâce*, de J. M. Coetzee, en sont des illustrations. Les courants du puritanisme et du légalisme, endémiques dans l'histoire américaine, s'en sont donné à cœur joie. L'ironie, qui est le levain de la compréhension, est devenue plus suspecte encore qu'elle ne l'était déjà dans l'éthos américain.

L'ironie et le sens du ridicule qui devraient marquer la

sensibilité adulte brillent pareillement par leur absence dans les chasses aux sorcières du «politiquement correct». Là encore, il est des raisons valables. La négligence de l'histoire et du patrimoine des minorités ethniques, du legs tragique de l'esclavage en Amérique du Nord, des multiples contributions de la communauté noire à la destinée américaine était bel et bien scandaleuse. Tout comme était scandaleux le refus d'étudier, de commémorer et d'apprécier le rôle des femmes longtemps réduites au silence par la domination des hommes et les préjugés patriarcaux. Et que dire de notre ignorance débilitante de l'islam? Une injustice anachronique appelait une réparation.

Trop souvent, cependant, il s'en est suivi une parodie d'argumentation et de recherche responsables. On a exalté des oralités factices, artificiellement promues, des textes populaires, toutes sortes de sous ou d'anti-cultures. Des pseudo-programmes d'enseignement ont été institutionnalisés au détriment de disciplines indispensables, et produisant non pas une libération, mais de nouveaux ghettos pour les Afro-Américains ou les Chicanos. On a récrit l'histoire jusqu'à la parodie. La vérité est que, pour le meilleur ou pour le pire — j'ai passé ma vie entière à poser la question des corrélations entre les inhumanités et l'inhumain —, notre héritage, en Occident, est celui de Jérusalem, d'Athènes et de Rome. L'alphabet de nos reconnaissances est celui qu'ont élaboré les *dead white males*, nos «défunts hommes blancs». En littérature, en philosophie et en esthétique, nos pierres de touche sont celles d'un cœur européen et nord-américain, souvent vivement influencé de l'extérieur et désormais nuancé et enrichi par la pluralité ethnique. Prétendre que Sophocle, Dante ou Shakespeare sont souillés par une mentalité impérialiste ou colonialiste est pure et simple idiotie. Rejeter la poésie occidentale, ou le roman de Cervantès à Proust, en y voyant l'émanation du «chauvinisme mâle» est aveuglement. De même en va-t-il du renoncement à la force créatrice des grammaires et des vocabulaires élaborés sous la pression du vandalisme et de l'abaissement linguistiques. Que Bach ou Beethoven portent le génie humain plus loin que le rap ou le *heavy metal*, que Keats risque des intuitions dont sont innocentes les chansons de Bob Dylan est ou devrait être une évidence — quelles que soient les connotations politiques et sociales, et elles existent, de cette conviction.

À d'honorables exceptions près, la trahison a été une fois de plus celle des clercs. Espérant popularité ou pardon, universitaires, critiques culturels et historiens ont hurlé avec les loups. Le masochisme pénitentiel fait florès. Ce sont les enseignants — et leurs doyens effarouchés — qui ont rompu le « serment d'Hippocrate » de quêter la vérité, de viser la clarté du jugement, de braver l'impopularité, dont tout professeur doit prendre le risque, fût-ce dans le silence de son for intérieur, quand il entre dans le métier. Qu'il s'agisse de la banalisation des programmes, des examens, des nominations dans les collèges et les universités, des publications sérieuses et des financements, les conséquences ont été dommageables. Dans les humanités, de nos jours, trop de listes de cours doivent leur caractère spectral au souvenir de ce qui ne s'enseigne plus, à la proscription de questions taboues.

D'aucunes ont mis en parallèle les chasses aux sorcières de l'Inquisition ou de Salem et la mise en œuvre du « politiquement correct ». Les énoncés élémentaires concernant les origines et l'ubiquité de l'esclavage en Afrique, rappelant le génie exponentiel de la pensée grecque, observant la résonance universelle de certaines langues et de textes canoniques occidentaux ont été bâillonnés. Enseignants et chercheurs ont été traqués tandis que des « révisionnistes » spécieux étaient grassement récompensés. Les sciences échappent à pareille folie. C'est là un point essentiel, souvent négligé. L'héritage d'Archimède, de Galilée, de Newton et de Darwin demeure assuré. (Ce qui ne signifie en aucune façon qu'on omette les mathématiques indiennes et les technologies de la Chine ancienne.) En science, le bluff, sans parler de la falsification pour des raisons de race, de genre ou d'idéologie est exclu — pour autant que la chose soit humainement possible. La justesse est celle de l'équation, non pas celle de la politique de la poltronnerie. C'est cette différence, on l'imagine, qui aide à rendre compte du prestige et de la dignité actuels des sciences et des lettres.

Des romanciers américains, parmi les meilleurs, ont traité de cette infirmité. Dans *The Dying Animal*, de Philip Roth, les vulgarités du cœur sont, vraisemblablement, intentionnelles. Le vieux maître et sa jeune étudiante vivent, avons-nous dit, le « chaos du sexe » turbulent dans la poésie mise à contribution dans cet effort pour donner forme à l'imagination, comme le vieux Yeats tourmenté par le sexe. Non moins que l'acte même de l'enseignement, l'arc du sexe ne doit pas s'arrêter à la différence d'âge. La formule est incisive : « *I am the author of her mastery of me* », « C'est par mon autorité qu'elle est ma maîtresse ». Et la fellation, cette messe noire du campus, marque non pas la soumission ou la servitude de l'étudiante, mais un triomphe satirique et bachique. « La sexualité est aussi la vengeance sur la mort. » Sur ce motif, l'intelligence caustique de Roth a des accents tout à la fois ironiques et désolés. Le « didactisme est ma destinée », confesse le narrateur, qui doit subvertir et concrétiser la « passion en vase clos du tabou professeur-étudiante ». Dans ces jeunes femmes qui ne sont que trop consentantes, ces *gutter girls* enchanteresses[6], se cachent les Ménades. Qui harcèle qui ?

Publié un an auparavant, *Ravelstein*, de Saul Bellow, est d'une autre étoffe. Formé à l'école classique, le protagoniste est un Falstaff qui fait montre d'un élitisme effronté dans la vie de l'esprit comme dans celle des sens. Approchant de la fin de son existence prodigue, il a acquis célébrité et fortune. Le portrait veut être celui du professeur Allan Bloom et de son immense succès de librairie sur la « fermeture de l'esprit américain », *The Closing of the American Mind*[7]. Les préoccupations platoniciennes de Ravelstein, ses références à Machiavel et Hobbes ne font pas moins penser au sage de l'université de Chicago, Leo Strauss. Ravelstein a sa coterie : « Ses membres étaient les étudiants qu'il avait instruits en philosophie politique et des amis de longue date. La plupart d'entre eux avaient été formés, comme Ravelstein lui-même, par le professeur Davarr et employaient son vocabulaire ésotérique[8].» Parmi eux se trouvent de hauts fonctionnaires, des journalistes et des membres de groupes de réflexion. Grâce au téléphone, il poursuit un séminaire permanent dans lequel les affaires traitées à Washington ou à Paris «sont mises en perspective avec le Platon qu'ils ont étudié il y a dix ou vingt ans, ou Locke, ou Rousseau, ou même Nietzsche». La leçon du maître n'épargne rien : «Il vous parlerait de votre âme, déjà maigre et dépérissant vite — de plus en plus vite[9].»

Ravelstein veille à ce que ses disciples soient bientôt «plus familiers de Nicias et d'Alcibiade que du train au petit matin ou du bazar à quatre sous». Les plus chanceux, les mieux doués, il les conduirait à Platon et Maimonide (le *syllabus* de Strauss) «et leur ferait toucher l'humanité de Shakespeare — jusqu'à Nietzsche et au-delà[10]». Les acolytes de Ravelstein finissent par voir dans leur maître une sorte de Michael Jordan, la superstar du basket. Dans cette analogie foncièrement américaine, Ravelstein lévite au-dessus du monde tout en interprétant le *Gorgias* «en face des aciéries, des terrils et de la crasse de Gary». Pour eux, cet «homme d'une avidité gloutonne de sucreries et de havanes interdits constituait lui-même un prodige homérique[11]». Ses jeunes gens sont «fous de lui», imitant sa démarche (comme j'ai vu de jeunes scientifiques essayer d'imiter Oppenheimer), adoptant ses goûts musicaux ésotériques et le style de ses vêtements de plus en plus luxueux.

Saul Bellow ne se dérobe pas :

> [...] Il était enseignant, voyez-vous. Telle était sa vocation : il enseignait. Nous sommes un peuple d'enseignants. Pendant des millénaires, les Juifs ont enseigné et reçu des enseignements. Sans enseignement, la communauté juive était une impossibilité[12].

Avec son ami Herbst (le nom signifie «automne»), Ravelstein conclut qu'il est «impossible de se débarrasser de ses origines, impossible de ne pas rester un Juif. Les Juifs, pensaient Ravelstein et Herbst, suivant la voie tracée par leur maître Davarr [Bellow pensait-il à Paul Shorey?], étaient historiquement témoins de l'absence de rédemption[13]». Je reviendrai sur ce point.

Éros et les classiques ne sont jamais très éloignés. Surtout quand ils sont enseignés par le « doux et chauve » Mr. Sypher, amateur d'eau de Cologne dans « The Mysteries of Caesar ». Qui, avec une imperturbable patience « et un sourire un brin cryptique », écoute interpréter à tort *La Guerre des Gaules*. Malgré « les torts et les tortures des lois de la grammaire »,

> Ils aimaient plutôt Mr. Sypher, qui était bon
> et coulant. Était-il veuf?
> On disait qu'il avait perdu un enfant, des années auparavant.
> Souvent ils se demandaient ce qui lui passait par la tête
>
> Tandis qu'il suivait calmement leurs boiteux et grossiers
> efforts, sans deviner que l'un ou l'autre des garçons
> servait d'Antinoüs à cet œil intérieur
> qui est l'impitoyable volupté de la solitude.

L'allusion, qui demeure un « chiffre » sauf pour les plus lettrés, est sereinement placée. Antinoüs, le chéri d'un empereur esseulé et stoïque. Une salle de cours, une leçon de latin hantée dans un nouveau monde, qui est aussi antique.

Anne Carson, « qui vit au Canada », est peut-être la voix la plus intérieure et énigmatique de la poésie contemporaine, avec son esprit possédé par l'épopée grecque et les modèles lyriques. Ses poèmes se nourrissent de la métrique grecque et de Socrate ou de Phèdre dissertant sur l'amour. Mais la funeste épiphanie se produit en classe de latin :

> fin de printemps, fin d'après-midi, le passif périphrastique
> Pour quelque raison je me retournai sur mon siège
> et il était là.

La syntaxe devient présage :

Inutile d'interposer une analyse
ou de faire des suggestions contre-factuelles?
Quid enim futurum fuit si... Que serait-il arrivé si, etc.

La voix du professeur de latin
s'élevait et retombait en ondes paisibles. Un passif périphrastique
peut prendre la place de l'imparfait ou du subjonctif plus-que-parfait
dans une proposition contre-factuelle.
Adeo parata seditio fuit
ut Othonem rapturi fuerint, ni incerta noctis timuissent.
Si avancée était la conjuration
qu'ils se fussent emparés d'Othon s'ils n'avaient craint
les hasards de la nuit.

Pourquoi ai-je
cette phrase en tête
comme s'il y avait trois heures, non pas trente ans!
Encore sans protection, et la nuit maintenant.
Comme ils avaient raison d'en craindre les hasards.

Qui a parlé de « clôture » de l'esprit américain (ou canadien)?

CHAPITRE VI

Une intelligence qui ne vieillit pas

Nous avons égratigné la surface. Il n'est pas de communauté, de credo, de discipline ou de métier sans ses maîtres et ses disciples, sans ses professeurs et ses apprentis. Le savoir est transmission. Dans le progrès, dans l'innovation, si tranchants soient-ils, le passé est présent. Les maîtres gardent et font valoir la mémoire, mère des Muses. Les disciples renforcent, disséminent ou trahissent les sinus personnels et sociaux de l'identité. Nous avons vu combien ces dynamiques sont interactives. L'idée de maître autiste, incapable ou refusant de partager ses trouvailles est logiquement possible mais confine à la contradiction. Que pouvons-nous savoir d'un « Milton muet » (bien que nous ayons signalé des refus de communiquer la *doxa* ou la découverte de crainte qu'elle ne tombe entre de mauvaises mains) ?

« Couvrir » le champ serait céder à une absurde ambition. Les langues requises, l'expertise ethnographique, anthropologique, historique et scientifique nécessaire vont très au-delà du témoignage personnel. La maîtrise du chaman, des conteurs quasi liturgiques du Kalahari ou du Pacifique Sud, les initiations à l'apprentissage, souvent ésotériques et fermées à tout observateur extérieur dans les cultures africaines, sud-est-asiatiques ou islamiques, ne sont tout au plus accessibles qu'à une poignée de spécialistes. Les confessions, les idéologies, les conjectures scientifiques et les techniques qui ont le mieux réussi à travers le monde ne sont elles-mêmes que la pointe trop visible d'un iceberg de l'enseignement dont la masse cachée se perd dans les profondeurs de l'expérience humaine. Les astrologues sont bien plus nombreux que les professeurs d'astrophysique. Il se pourrait bien que leur influence sur les niveaux plus « organiques », plus fondamentaux de la conscience, soit infiniment plus grande.

Il n'en faut pas moins citer les deux traditions — peut-être vaudrait-il mieux dire les « deux mondes », tant sont grandes leur ancienneté et leur richesse — même si mon incompétence dans les langues et les textes concernés rendront mes références totalement insuffisantes.

« Sans enseignement, la communauté juive était une impossibilité », dit Bellow. Le judaïsme est pédagogique jusqu'à l'intransigeance. L'enseignement est le propre du monothéisme judaïque. Depuis Abraham, le dialogue incessant de Dieu et du Juif a illustré tous les aspects de la relation magistrale, avec un peuple par nature adorateur, rebelle, obéissant, récalcitrant, mais par-dessus tout *questionneur*. La Torah communiquée à et *via* Moïse, les Psaumes inspirés à David, les livres de prophétie et de proverbes constituent un programme, un manuel d'instruction et d'usage quotidiens. Le Juif est perpétuellement *examiné*, mais tout autrement que suivant l'axiome socratique de la « vie examinée ». Il est à l'école aussi longtemps qu'il vit. Et la gamme du dialogue est propre à cette relation dialectique. Elle va de l'adoration et de la soumission extatiques à l'ironie la plus mordante ou à la protestation morale comme chez Job. Elle comprend la réponse du célébrant, en écho à la voix de Dieu dans la liturgie, et va jusqu'à la dissension, voire la mise en accusation (comme dans le « contre-psaume » désespérant de Paul Celan). Au sens le plus concret, la survie du judaïsme a eu partie liée avec cet échange millénaire propre à la salle de classe ou à la synagogue, à l'école talmudique ou à la leçon particulière souvent mystérieusement « binomiale » qui se déroule au sein de la conscience individuelle. « Ne me parle pas quand je t'interromps », dit une blague juive. Le mot *rabbi* signifie simplement « maître ». Le Dieu d'Israël est le directeur d'une *schul* qui n'est autre que le monde.

C'est la constance de ce discours didactique qui préserve

l'identité juive lors même que les conditions nationales et matérielles de l'existence juive ont quasiment disparu. Après la destruction du Temple et le triomphe de Rome, Aqiva et ses disciples continuèrent avec ardeur d'étudier et de commenter la Torah. La lignée ininterrompue des explicateurs, enseignants et exégètes du Talmud naît de l'exil et de la persécution, où elle fleurit. Des rabbis donnèrent des cours jusque dans les camps de la mort. Certaines autorités rabbiniques placent le commandement enjoignant d'étudier la Torah chaque jour au-dessus même de celui d'aimer et d'honorer Dieu — l'étude de la Torah étant, précisément, l'expression de cet amour. D'où le prestige sans parallèle du maître dans la tradition et la communauté juives. D'où aussi l'intuition récurrente, qu'un Wittgenstein morose jugeait convaincante, que le génie du Juif est celui de l'étude et de l'exposé, plutôt que celui de la création originale. Que peut-on ajouter à ce que Dieu a créé ? La patrie des Juifs, c'est le texte, tout ce qui sur terre a été ainsi consigné à la mémoire et minutieusement examiné, tout ce qui a fait l'objet d'un commentaire interminable (voir l'« analyse interminable » de Freud). La mythologie juive par excellence est la chronique grouillante des histoires de maîtres et des épisodes édifiants qui accompagnent leur enseignement.

Les traditions en la matière sont déroutantes de diversité. Elles vont de l'ultra-orthodoxe et du fondamentaliste jusqu'à l'hérétique et à l'antinomien. L'enseignement de la Torah et du Talmud est une chose ; celui de la Kabbale, prodigue en histoires de maîtres et de disciples, est une tout autre affaire. Si volumineux soit-il, le matériau écrit est une fraction du tout ; l'oralité a longtemps été, continue d'être prédominante. La quête de compréhension habite le monde vivant, le face-à-face auquel Emmanuel Levinas a donné une primauté herméneutique. Nulle part les relations entre maîtres et disciples n'ont été mythologisées et mises en scène avec plus d'insistance que dans les récits, les mémoires et les dits des hassidim — ces membres du mouvement piétiste, par certains côtés mystique, fondé en Pologne au XVIIIe siècle par le Baal Shem Tov, le « maître des maîtres ». C'est dans les « cours » rabbiniques, les écoles et les *shtetl* d'Europe de l'Est, de Pologne et des États baltes que l'autodéfinition d'Israël par sa relation de disciple et d'apprentissage auprès de Dieu trouve son intensité la plus grande. Un bref survol ne saurait en aucune façon rendre justice à la finesse dialectique, aux ressources intellectuelles, à l'ironie, à l'humour, au pathétique, voire à la joie explosive — quand l'âme danse — du matériau qui a survécu. Bien que le monde dont il « parle » ne soit plus que cendres. Martin Buber, Elie Wiesel, des spécialistes d'ethnographie et de mythologie comparée ont recueilli ces documents et les ont exposés à leur manière. Leur influence sur des écrivains profanes comme Kafka, Borges et Saul Bellow forme un chapitre fascinant. *Via* Harold Bloom et Levinas, ils sont entrés dans l'idiome de la poétique et de la philosophie poststructuraliste modernes. « Scholem » et « Golem » riment dans plus d'un contexte.

Les légendes entourant le Baal Shem Tov sont légion. Les spécialistes distinguent les côtés visionnaires, presque chamaniques, d'un enseignement imbriqué dans les immédiatetés les plus humbles de la vie et des besoins quotidiens. Le maître danse avec les rouleaux de la Torah. Un charisme émane de sa personne, de son énigmatique clairvoyance. Il est un virtuose de la parabole. À un disciple qui lui demande d'où nous vient ce sentiment d'éloignement infini au moment même où nous nous accrochons à Dieu, il répond : « Le père qui veut apprendre à marcher à son petit enfant commence par le poser à terre devant lui, le soutenant de ses deux bras tendus pour lui éviter de tomber [...]. Mais dès qu'il arrive tout près, le père alors recule d'un pas, écartant en même temps quelque peu les bras [...] jusqu'à ce qu'il sache marcher. » Quoique enraciné dans une communauté juive d'une ferveur et d'un épanouissement exceptionnels, le Baal Shem Tov ne se berçait pas d'illusions. Comme Israël lui-même, la vérité est « chassée de lieu en lieu » et « doit toujours s'en aller plus loin[1] ». Il enseignait comme il respirait. Ses derniers mots furent un acte d'enseignement, un magistral exposé sur un verset du livre d'Esther.

Après lui vinrent trois maîtres de maîtres : le Maggid de

Mezritsh, Pinhas de Koretz et, de manière plus irrégulière, Yehiel Mikhal de Zlotshov. C'est l'école hassidique du Maggid qui demeure la principale source de légendes sur l'enseignement. Pour le Maggid, observe Martin Buber, le monde ne peut être compris que du « point de vue des méthodes éducatives de Dieu ». Il n'était pas question pour lui de dire à ses disciples qui, parmi eux, était arrivé à la bonne interprétation de son enseignement. Laquelle des soixante-dix faces de la Torah qu'on médite avec un esprit sincère et une attention qui ne fléchit jamais conduira à la vérité. Le Maggid « allume les chandelles » dans la conscience de ses disciples. Mais ce sont eux qui scrutent et démêlent, au fil de longues périodes de concentration et de méditation, la profusion de sens d'un seul dicton ou fragment de texte. L'extase ascétique, qui avait marqué les débuts du Maggid, déboucha sur la pédagogie. Parce que l'enseignement était devenu sa seconde nature, le Grand Maggid, on le sait, n'écrivit aucun livre. Comme Socrate, il confia ses lumières à la parole, même s'il consentit à ce que ses mots fussent « couchés par écrit » — l'expression est parlante. Plutôt qu'un corpus d'écrits, il ne « composa » que des disciples et des disciples de disciples. Son fils, le kabbaliste mystique rabbi Abraham, alla plus loin : il ne consentit à instruire qu'un seul disciple, Schnéour Zalman, car extérioriser par l'enseignement une révélation intérieure, c'est « descendre au plus bas échelon ». Aujourd'hui encore, les très rares maîtres de la Kabbale ne s'occuperont, leur vie entière, que d'un ou deux apprentis.

Rabbi Pinhas passe pour avoir été le disciple le plus fidèle à l'esprit et à l'exemple du Baal Shem Tov. Ses contemporains l'avaient surnommé avec effroi le « cerveau du monde ». Ses relations, personnelles et doctrinales, avec son disciple Raphaël de Bershad furent de loyauté pure et d'harmonie. Elles restent une page en or de l'histoire si souvent troublée des maîtres et des disciples. Rabbi Yehiel Mikhal nous conduit au seuil du XIXe siècle. Ce *tsaddiq* ascétique — ce « juste » — fut un prédicateur itinérant inspiré. Une aura de mythe accompagnait ses apparitions et disparitions inopinées, la soudaine illumination qu'il apportait, pour ainsi dire, dans la nuit. Alors que ses enseignements trahissaient une lecture paradoxale, voire antinomique de la sainte parole, on le vénérait, dans une expression magnifique, comme « l'âme de l'âme[2] ». Un maître peut-il aspirer à titre plus glorieux ?

Providentiellement, Menahem Mendel de Vitebsk, l'un des trois cents disciples que la tradition attribue au Maggid, transplanta le mouvement hassidique en Palestine. Suivi d'une troupe d'étudiants, il émigra en 1777. La tradition veut que son pupille, Aaron de Karlin, était d'une telle éloquence qu'il privait ses auditeurs de leurs certitudes et de leur liberté de choix moral. Aussi Dieu reprit-il sa jeune vie. Les maîtres itinérants faisaient de leurs pérégrinations l'*imitatio* d'un Dieu qui s'était délibérément banni du monde, suivant certaines interprétations kabbalistiques. Rabbi Zalman, « le Rav », fonda une branche lituanienne du hassidisme particulièrement féconde. Ses enseignements peuvent incliner au rationalisme en s'efforçant de combler l'écart toujours plus acerbe entre le hassidisme et l'orthodoxie rabbinique traditionnelle. En même temps, Zalman fut un chanteur et un danseur de renom, chantant comme Socrate, dansant la sagesse suivant l'injonction de Nietzsche. Au cœur des élans ascétiques du hassidisme, le Cantique des Cantiques joue un rôle éminent. Son érotisme joyeux se traduit en passion de l'intimité avec Dieu. Les maîtres invoquaient un paradoxal « désir de pureté ».

Aucune anthologie de *dicta* hassidiques ne donne une idée juste de leur force provocante. À maintes reprises, l'accent porte sur la transmission. Ainsi, Baroukh de Mezbij : « Quand un mot est dit en son nom, ses lèvres remuent dans la tombe. Et les lèvres de qui prononce le mot remuent comme celles du maître qui est mort. » « Je ne suis pas allé chez le Maggid entendre la Torah, rappelle rabbi Loeb, mais pour le voir seulement nouer et dénouer les lacets de ses chaussures. » Pinhas de Kortez rappelait à ses élèves que « l'âme ne cesse d'enseigner, mais ne se répète jamais ». L'esprit affûte la dialectique. Sur un ton prénietzschéen, rabbi Zousya d'Hanipol plaidait : « Dans le monde qui vient, la question qu'on va me poser, ce n'est pas : Pourquoi n'as-tu pas été Moïse ? Non. La question qu'on va me poser, c'est : Pourquoi n'as-tu pas été Zousya ? » Bref, deviens ce que tu es. L'étude est salut. À l'homme qui arrive dans l'autre monde, il sera demandé : « Sous quel maître as-tu servi ? », puis « Qu'as-tu appris chez lui ? » (Shlomo de Karlin). Pourtant, même l'étude la plus poussée n'est rien : rabbi Israël de Konitz s'était plongé dans huit cents livres de la Kabbale ; quand il se rendit auprès du Grand Maggid, il sut d'emblée qu'il ne savait rien. Consolant un collègue qui avait moins de succès, rabbi Yaakov Yitzhak de Lublin fut tout près de définir le cœur de tout grand enseignement : « Ils viennent à moi parce que je m'étonne qu'ils viennent, et ils ne viennent pas à toi parce que tu t'étonnes qu'ils ne viennent pas[3]. » À travers les mondes hassidique et rabbinique, la maison d'étude est aussi la maison de prière *(Bet Midrach)*. Le voyageur, le sans-abri du corps ou de l'âme, est bienvenu.

Martin Buber a recueilli les contes de rabbi Nahman[4], l'arrière-petit-fils du Baal Shem Tov qui enseigna en Palestine dans les années 1798-1799. Nahman était convaincu que, par une merveille de résonance, c'est le maître qui entend du disciple les intuitions les plus cachées. À sa mort, commente Buber, s'éteint la grande lignée des mystiques : « La joie donne à l'esprit une terre, la tristesse l'exile. » Il ne reste plus aujourd'hui que des vestiges. La barbarie a traqué jusqu'à l'extinction les communautés concernées, leur langue, leurs souvenirs. Mais dans les annales de l'histoire des maîtres et des disciples, du prodige et de l'étrangeté de la vocation du maître, le hassidisme a écrit une page presque sans rivale. Nulle part il n'y a eu plus authentiques « maîtres-chanteurs » de l'âme humaine.

*

Le ravissement procuré par la « lumière de l'Orient », l'espoir de révélations occultes venues d'Asie, de techniques de purification et de méditation permettant d'accéder au transcendantal n'ont jamais quitté la culture occidentale. Nous savons le charme des arcanes égyptiens et persans sur les écoles pythagoricienne et platonicienne. « Gourou » nous vient d'un usage hindou et sikh. Au gré des modes, Européens et Anglo-américains ont façonné leurs « traversées vers l'Inde » (*passages to India* : comparez les connotations de cette expression chez Walt Whitman et E. M. Forster), leurs images du taoïsme, du bouddhisme et du zen. L'actuelle fascination remonte au « parlement des religions », qui s'est tenu à Chicago en 1893. *Via* des acolytes tels que Hermann Hesse et Aldous Huxley, ces constructions ont inspiré la littérature, les arts, la musique et la psychothérapie. Et, surtout après leur diffusion dans la Californie des années 1950, elles ont partie liée avec les nirvanas de la drogue, du yoga, de l'ascétisme ou de la rêverie communautaires. Et toutes caractérisent ce qu'il peut y avoir d'authentique mais aussi de kitsch et d'infantilisme dans le *New Age*. Un certain rêve du Pacifique, chargé de prétendues révélations indiennes, chinoises et extrême-orientales, niche au cœur de la modernité avec sa terreur du vide.

Le problème est celui-ci. Le matériel est si divers, si teinté d'amateurisme et d'affectation dérivés, parasitaires, que la source authentique nous glisse entre les mains. Une douzaine de langues et d'alphabets, d'une difficulté extrême, la connaissance de millénaires d'histoire religieuse, philosophique et sociale, une certaine soumission personnelle à des codes de sensibilité, de discipline corporelle presque totalement étrangers à la pratique occidentale sont le préalable à toute véritable compréhension. Même les mieux qualifiés des orientalistes, ethnographes et spécialistes de religion comparée occidentaux comme Charles Malamoud ne peuvent que survoler une fraction du territoire. Bouddhisme et confucianisme prolifèrent sous des formes indienne, chinoise, tibétaine, ceylanaise, birmane et japonaise, lesquelles se scindent à leur tour en ramifications ésotériques et publiques, hermétiques et déclarées. Savants et traducteurs occidentaux se sont efforcés d'interpréter pour nous les sens du « tao », des « rites » fondamentaux du confucianisme, des rituels du veda tels que ceux-ci se déploient dans et au-delà des textes, suivant l'expression de Michael Witzel. Un nombre restreint d'Occidentaux, hommes et femmes, ont une expérience personnelle du monachisme asiatique, notamment du shinto. Ces authentiques savants et adeptes considèrent avec un mépris plus ou moins poli les pèlerins chargés de sacs à dos et les digests de journalistes. Bon nombre de maîtres zen tiennent plusieurs années de méditation en silence pour un prélude indispensable, même s'il n'est pas suffisant. Ignorant des langues, du contexte spirituel et communautaire, je ne puis qu'évoquer en passant ce qui demeure, sans nul doute, des banalités élémentaires et de seconde main. Au-delà s'étend un monde presque clos.

Les relations de maître à disciple sont au cœur du confucianisme chinois et de la complexité de son arrière-plan rituel et religieux. Imagine-t-on trahison plus profonde, demande Confucius, que la mort avant leur maître de disciples comme Zilou et Yan Huei, les mieux à même de poursuivre son enseignement ? La question reste posée de savoir si les doctrines du maître peuvent s'exposer et se transmettre verbalement ; de ce qu'est une leçon parfaite.

> À peine le maître avait-il prononcé deux mots que le disciple tombe endormi et se met à ronfler. Le maître est ravi : « Le corps de mon disciple est pareil à du bois mort, son cœur à de la cendre froide. Son savoir est maintenant véridique ! Il s'est détaché de toute connaissance acquise. Ignorant et dans les ténèbres, il n'a plus de pensée. Il n'y a plus à discuter avec lui ! ah ! quel bon compagnon ! »

Le but est de faire en soi et dans son esprit ce vide qui, seul, donne accès à la méditation et au cœur de l'être.

Quand le bouddhisme pénètre en Chine, autour de 65 avant J.-C., il a déjà cinq siècles derrière lui et compte pléthore de maîtres et de sages légendaires. Avec le taoïsme et le confucianisme, il entretiendra des relations de rivalité et d'insémination réciproque. Des générations peineront sur des traductions du sanscrit. Les traits du sage magistral sont pleinement développés chez le maître Bodhidharma, qui arrive à Canton en 527. On est fasciné de retrouver un motif qui nous est déjà familier : quand le maître fait ses adieux à ses disciples pour disparaître dans la montagne, on ne retrouve qu'une sandale. L'ombre d'Empédocle. Bien que les écritures canoniques soient l'objet d'une vénération et de commentaires constants, c'est la transmission orale des intuitions, par-delà morts et concepts, largement vouées à l'ésotérique et au secret, qui demeure cruciale.

Les pratiques du zen — translittération du chinois *tchan* — atteignent de bonne heure le Japon, mais ne passent au premier plan qu'après 1200 et trouvent un sol déjà préparé. Le mot même *samouraï* signifie « suivant ». L'obéissance, la rudesse de l'entraînement physique faisaient déjà partie des mœurs japonaises. Le kendo, la « voie du sabre », et d'autres arts martiaux correspondent intimement à l'exercice du zen. Le tir à l'arc, où l'archer, faisant le vide en soi, vise le centre blanc de sa cible, est l'allégorie de l'âme obéissante. La calligraphie, l'art des jardins sont des approches d'une totalité dont l'insondable profondeur réside dans le détail le plus infime (comme dans la mystique des lettres de la Kabbale). Le minimalisme des haïkus est implosif, rayonnant par concentration. L'expérience de l'éternité se fait dans un instant, dans un « grain de sable ». Ces usages font du zen la conduite de vie d'une élite, dont le commerce avec le pouvoir impérial et la vie ordinaire ne sera jamais exempt d'ambiguïtés.

C'est en 1227 que le vénéré Dôgen Zenji compose un mantra que l'on chante aujourd'hui encore :

> Honorables disciples, suivez la lignée légitime
> des patriarches, persévérez et vous serez
> comme eux. Votre chambre du trésor s'ouvrira
> et vous y puiserez au gré de vos désirs.

Koun Ejô raffine la technique de l'« anéantissement de soi » : « Quand bien même naissent et s'évanouissent en toi quatre-vingt-quatre mille pensées illusoires, du moment que tu ne leur accordes aucune importance et les laisses aller, peut sourdre de chacune d'elles le merveilleux prodige de la lumière de la grande sagesse. » Cette « luminosité vide, qui flamboie spontanément, est située bien au-delà de toute énergie mentale ». Keizan Jôkin, qui meurt en 1325, amorce une succession d'abbés en ligne directe qui existe encore aujourd'hui. « Apprendre et penser, c'est rester à la porte. Adopter la position du Lotus, c'est entrer et s'asseoir en paix. » Des paraboles didactiques et heuristiques initient le disciple, non moins que dans les méthodes de Jésus : « Un enfant dort à côté de ses parents. Il rêve qu'on lui flanque une volée ou qu'il tombe gravement malade. Si forte que soit son angoisse, ses parents ne peuvent se porter à son secours, car nul ne peut entrer dans les rêves d'autrui. Mais si l'enfant s'éveille tout seul, il sera aussitôt délivré de ses souffrances. » L'« éveil » est le mot clé du bouddhisme zen. Un autre personnage envoûtant est celui du paillard et antinomique Ikkyû Sûjun, auquel on prête plus de cent disciples ardents qui le suivirent jusque dans son grand âge. « Cheminant avec mes sandales et mon bâton, je cherche les ânes aveugles qui peuvent être en quête de la vérité. » Souvent, le disciple doit souffrir humiliation et rejet avant que le maître ne l'accepte. Il doit suivre le maître de son choix dans de lointains ermitages et dans des lieux élevés ; le maître le fait attendre, des années parfois, avant de reconnaître sa présence. Suivant la tradition, pourtant, en 1740 Hakuin Ekaku instruit quelque quatre cents disciples aux doctrines de ses prédécesseurs. Terrifiant et compatissant à la fois, léonin et doux, Ekaku distribuait « aide et conseils personnels comme il servait le thé ». Son enseignement oral et écrit couvrait un champ extrêmement large. À sa mort, il laissa quatre-vingt-onze disciples immédiats, fondant une dynastie d'abbés qui existe encore. « Quel est le bruit d'une main qui claque ? » : banalisé jusqu'au cliché par les adeptes occidentaux, ce *koan* nous vient d'Ekaku. Il appartient au plus élémentaire des cinq stades du questionnement méditatif. C'est seulement après son ascension dans l'abstraction grandissante et le « néant » que le disciple est voué à plusieurs années de solitude consacrées à l'ultime préparation à ses propres actes d'enseignement.

Ces récits d'abstention, de rivalité entre écoles et cercles, de « miraculeuses » prouesses de clairvoyance et d'ascétisme ; ce patrimoine de devinettes, d'énigmes et d'oracles proférés par des maîtres qui, souvent, refusent toute réponse aux questions inquiètes et respectueuses de leurs disciples ; l'hagiographie qui entoure les errances du maître, le retrait du monde et la mort sanctifiée ne trouvent pas simplement des parallèles dans les matériaux talmudique, kabbalistique et hassidique. Les congruités touchent au mystère. Elles suggèrent une typologie partagée. Mais les différences sont, assurément, immenses. Le judaïsme brûle d'un contact et d'un dialogue directs avec le divin, d'une expérience pleine et entière de la révélation. Le bouddhisme, notamment dans sa version zen, recherche la vacuité parfaite, l'extinction du moi dans un « zéro infini » inaccessible à la raison et à l'argumentation raisonnée. Même entouré de disciples, le maître zen demeure ou entend rester un ermite. Le phénomène est rare dans le judaïsme. Il ne fait surface que chez des « hérétiques » ou des « déchus » comme Spinoza et Wittgenstein.

Le judaïsme produit des joueurs d'échecs. Une certaine élite japonaise joue au go. Peut-être est-ce par le roman-reportage de Yasunari Kawabata *Le Maître ou le Tournoi de go*, paru pour la première fois sous forme de livre en 1954[5], que le profane pourra prendre au mieux un aperçu du culte japonais des maîtres et des disciples. Le cadre du roman est factuel : un grand maître, l'honorable Honimbo Shusai, est défait par le jeune Kitany Minory dans un tournoi qui se déroula entre le 26 juin et le 4 décembre 1938. Le grand maître était demeuré jusque-là invaincu. Malade, se sachant mourant, Shusai conserve une sérénité et une maîtrise de soi surhumaines face aux vertigineuses exigences du jeu et au talent de son adversaire. L'enjeu en est les sens et les paradoxes les plus profonds qui nous occupent. « Otaké », le nom fictif que Kawabata a donné au challenger, vénère son maître. Le vaincre serait à peine moins qu'un parricide. Succomber serait pourtant une trahison plus subtile, une manière de nier l'exemple et l'héritage du maître. Impossible d'échapper au lien. Est-il honorable de poursuivre le tournoi contre un adversaire souffrant qui s'évente pour éveiller les braises mourantes au fond de son être infirme ? Deux mondes se font maintenant face. Les largesses esthétiques, le plaisir du go à l'ancienne affrontent le légalisme et le rigorisme du go nouvelle manière. Faire des compromis, fermer les yeux sur certaines licences et imprécisions obsolètes déshonorerait le maître. S'il doit être vaincu, que ce soit sous la forme la plus stricte. Tandis qu'une redoutable léthargie s'insinue dans les mouvements de Shusai, le jeu d'Otaké se fait plus sombre et pressant : « Harcèlement inexorable. » Ce qui ne manque pas, à son tour, de choquer le maître dans son idéal de beauté parfaite et partagée. La fin de la rencontre offre un spectacle si torturé qu'il en est à peine supportable. Le disciple est à deux doigts de s'effondrer, tandis que le maître reste serein dans la défaite. Il meurt peu après la fin du tournoi, quand tombe la neige.

N'aurions-nous que le matériau judaïque et les traditions de l'enseignement indien et sino-japonais que notre sujet serait inépuisable.

★

Citant la fiction de Max Brod sur Tycho Brahe et Kepler, j'ai effleuré le champ de la science. Dans l'Antiquité, dans les facultés du Moyen Âge, il n'est fait aucune discrimination essentielle : dans les humanités comme dans les sciences, prévalent des relations analogues entre maîtres et disciples, entre *magister* ou *magus* et apprenti. Les rivalités entre écoles philosophiques, cosmologiques ou « alchimiques » adverses suivent un modèle commun. À l'Académie après Platon et Aristote, dans les écoles de médecine après Galien, dans le laboratoire de l'alchimiste ou la tour d'observation de l'astrologue, la dynamique de la fidélité ou de la rébellion, de la succession ou de l'expulsion sont fondamentalement les mêmes. La relation Faustus-Wagner reflète cette conjonction de conventions théologiques, philosophiques et scientifiques — la science est «philosophie naturelle» comme elle l'était pour Lucrèce. C'est uniquement lorsque les sciences acquirent leur autonomie, pour l'essentiel au cours du XVIIe siècle, que se développèrent des différences significatives. Mais quand nous essayons de les définir, les choses ne sont pas si tranchées.

La «technique» appartient aux arts, à la musique, à la grammaire ou à la logique philosophique, non moins qu'aux sciences exactes et appliquées. Elle doit se transmettre par la théorie et l'exemple. Il est pourtant une différence. Le «technologique», au sens le plus large, n'est pas ouvert à la dissension ou à la réfutation spontanée comme peut l'être, toujours au sens le plus large, une proposition philosophique ou morale. Un unisson déterminant est de règle dans la transmission d'un savoir-faire en matière d'observation et d'expérimentation, une progression dans la difficulté bien souvent marquée par la familiarité concomitante avec des instruments mathématiques d'une sophistication toujours plus grande. Le talent individuel importe. Le démonstrateur à sa paillasse, l'examinateur reconnaîtront la qualité exceptionnelle et l'héritier potentiel. En mathématiques et dans les sciences, les prodiges sont beaucoup plus fréquents qu'en poétique ou en métaphysique (d'où l'intuition de liens souterrains entre mathématiques, musique et échecs). Les jalousies, les cœurs brisés au laboratoire ou à l'observatoire sont aussi rudes qu'à l'atelier ou au séminaire. Mais, là encore, il y a une différence, si difficile soit-elle à formuler. Quelle que soit l'intrusion des facteurs psychologiques, des «affinités électives» — concept qui dérive de la chimie —, l'émergence de la «star» a sa mesure objective et démontrable. Le jeu de la sensibilité, de l'irrationnel, est plus flagrant dans les relations de maître à disciple à travers les humanités. La part de l'éros, telle que nous en sommes arrivés à le comprendre, est beaucoup plus probable. Ici aussi, pourtant, la science a ses exemples.

Aucune entreprise humaine n'est *totalement* exempte de valeurs. Un grain d'idéologie, de conditionnement socio-historique, peut se nicher jusque dans les abstractions les plus pures. Mais seul le despotisme d'un dément peut reconnaître la « corruption juive » dans la théorie de la relativité ou prétendre éradiquer la génétique mendélienne au nom du stalinisme. Pour autant que ce soit humainement possible, le théorème mathématique, le processus de conjecture et de réfutation dans les sciences recherchent des « vérités » — un concept, un mot d'une fragilité vulnérable à l'extrême — indépendantes de toute préoccupation ethnique, religieuse ou politique. Les solutions des équations non linéaires n'admettent pas de solutions capitalistes ou socialistes. La soumission des découvertes biogénétiques au gain financier est une obscénité, tout comme la censure de la recherche mathématique et physique à des fins militaires. Où elle s'approche d'un idéal de progrès partagé et désintéressé, la découverte scientifique est la construction la plus mûre de la liberté humaine.

Cela aussi différencie le processus de l'enseignement et de l'apprentissage dans les sciences et les humanités. Il peut y avoir subversion personnelle par le disciple, par sa réfutation du maître, par son adoption du modèle darwinien, plutôt que lamarckien, de l'évolution. Mais cette subversion procédera de nécessités inhérentes à la science elle-même. Le triomphe authentique, même s'il n'est pas reconnu, du maître doit être réfuté, éclipsé par la découverte de son disciple. Il doit discerner chez son élève une force et un avenir qui dépassent le sien. Isaac Barrow abandonne la chaire Henry Lucas au profit d'Isaac Newton. Hilbert ne conteste pas vraiment Gödel au triomphe de ce dernier. Ces hommes servent une entreprise qui les dépasse infiniment.

Cette neutralité de la vérité est liée à l'anonymat et au caractère impersonnel des sciences pures et appliquées. Le génie personnel est aussi voyant dans l'histoire des sciences qu'il l'est dans celui de la littérature et des arts. Mais il importe beaucoup moins. La *commedia* n'eût pas existé sans Dante, ni les *Variations Goldberg* sans Bach. La mort prématurée de Schubert laisse vides des espaces de sensibilité. Il n'en va pas ainsi dans les mathématiques ni dans les sciences. On dit qu'une étude algébrique peut révéler un style personnel. Reste qu'un autre algébriste aurait résolu le théorème de Fermat ou serait arrivé à la conjecture de Riemann. Darwin ne fut que le plus systématique et conséquent de toute une bande de chercheurs en zoologie ou en géologie qui se retrouvèrent simultanément au seuil d'une théorie de l'évolution et de la sélection naturelle. Une douzaine de centres de recherche et d'accélérateurs de particules travaillent aujourd'hui sur les mêmes énigmes de la physique des particules et de la cosmologie. Les publications dans les revues scientifiques, les annonces sur l'Internet scientifique comptent souvent trente signatures ou plus. Les théories, les découvertes et les solutions mathématiques sont, en un sens fondamental, à la fois anonymes et collectives, quelle que soit la gloire dont les aléas ou les relations publiques comblent tel ou tel. Ce travail en équipe et cette inéluctabilité — le résultat sera obtenu demain, sinon aujourd'hui — tranchent sur l'expérience du disciple du philosophe, du compositeur en herbe dans un cours particulier. Il n'y avait rien d'inévitable dans la théorie platonicienne des idées ou la chapelle Sixtine.

Le matériau est diffus. Il faut le chercher dans les biographies d'hommes de science éminents ainsi que dans leurs autobiographies et mémoires, qui ne sont pas si nombreuses. L'impersonnalité, l'anonymat idéal de la recherche scientifique incline à la discrétion. De surcroît, une barrière fait obstacle à la communication intelligible. Peu d'hommes de science, encore moins de mathématiciens, ont su raconter leurs peines au profane. La technicité et son langage, si largement mathématique, font écran. Ils rendent les traductions littéraires des choses scientifiques artificielles et, trop souvent, erronées. Les métaphores sont un substitut peu maniable des équations. Il est des romanciers, au premier chef Thomas Mann et Robert Musil, qui ont réimaginé pour nous tel ou tel angle de la théorie ou de la découverte scientifique. L'ouvrage déjà ancien de Charles Percy Snow, *The Search*, demeure précieux. À l'occasion, la science-fiction approche davantage la réalité. C'est cette rareté qui fait un peu de l'autoportrait jazzy et coruscant de Richard Feynman, *Vous voulez rire, monsieur Feynman!*, ce qu'on appelle en physique et en astrophysique une « singularité ».

Théoricien et calculateur prodigieusement doué, Feynman, comme Benjamin Franklin ou Thomas Edison, possédait le génie du pratique et des intuitions mécaniques (« comment ça marche? pourrait-on l'améliorer? ») d'où peut émerger une intelligence théorique fondamentale. Il avait tout juste vingt ans quand il se retrouva face aux maîtres. John Wheeler, Henry Norris Russell, Von Neumann et Wolfgang Pauli s'étaient rassemblés pour l'entendre. Einstein se joignit à eux. « J'étais seul dans la fosse aux lions, face à une meute de génies [...]. C'est alors qu'un miracle s'est produit » :

> À partir du moment où je me mets à parler de physique, je n'ai plus qu'une seule chose en tête; je ne pense plus qu'à ce que je suis en train d'expliquer. Dès l'instant où j'ai commencé à parler, j'ai cessé de penser à ceux qui m'écoutaient; j'étais en train d'expliquer de la physique; un point c'est tout[6].

Princeton et Los Alamos permettaient d'approcher de près les géants. Mais c'est sa collaboration avec eux, plutôt que l'enseignement formel, qui inspira Feynman. Ce sont les expériences qui *lui* apprirent. Lors même qu'il se promenait avec Neumann dans les canyons, ou qu'il servait d'abat-voix à Niels Bohr, Feynman continuait de cultiver son originalité impénitente, ne prenant jamais pour argent comptant ce que disait le grand homme. À son tour, il devint un maître de renom : « Je ne pense pas que je pourrais vivre sans enseigner[7]. » Mais les mobiles sont psychologiques : le besoin de faire une contribution sous une forme ou une autre quand on est bloqué dans sa recherche. Apprenant le dessin, Feynman en tira cette conclusion : en physique,

> les moyens dont nous disposons — je veux dire les moyens mathématiques — sont si nombreux que nous n'arrêtons pas de dire aux étudiants ce qu'il faut faire. Les profs de dessin, eux, semblent au contraire soucieux de ne pas en dire trop. [...] Ils doivent bien se garder de diriger le sens dans lequel leurs élèves cherchent et l'enseignement du dessin procède

> plus par osmose que par instruction à proprement parler. L'enseignant de physique, lui, doit attacher plus d'importance à la résolution des problèmes qu'à leur esprit[8].

Saint Augustin eût acquiescé.

Plus rare encore est l'espèce du mathématicien capable de donner au profane un aperçu de ses mystères. La superbe autobiographie de Laurent Schwartz, *Un mathématicien aux prises avec le siècle*, avec son attachement à la justice sociale et à l'action politique, suppose un solide bagage algébrique. Celle de Stanislaw Ulam, *Adventures of a Mathematician*, est plus accessible. C'est avec une joyeuse turbulence qu'il évoque ses souvenirs d'apprentissage dans la Pologne de l'avant-guerre. À l'époque, peu de nations pouvaient se mesurer à la Pologne par la distinction de ses mathématiciens et ses spécialistes de logique formelle — la ligne de démarcation entre les deux domaines témoignant d'un brouillage fécond. Ce qui se dégage du récit d'Ulam, c'est l'intimité créatrice du maître et de l'élève dès que celui-ci a laissé paraître de réelles promesses. Sitôt entré à l'université, Ulam travailla en étroite collaboration avec un groupe de mathématiciens novateurs comme Kazimir Kuratowski et Stanislaw Mazur. L'osmose, pour employer un mot de Feynman, se révéla cruciale. Entre les cours, Ulam gîtait dans les bureaux des enseignants, absorbant, de manière presque subliminale, le contenu abstrus de leur boîte crânienne. Le don décisif d'un maître à un disciple est celui d'une conjecture, d'un problème, d'un théorème qui reste à élucider (de sombres rumeurs courent sur le compte de maîtres qui, par inadvertance ou malice, orientèrent leurs disciples vers des tâches banales ou insolubles). Souvent la recherche devient collaboration; d'autres fois, l'élève doit se débrouiller tout seul. Encore novice, Ulam résolut un problème touchant la théorie et la transformation des ensembles. Son article fut publié. Comme il est traditionnel en Europe centrale et en Europe de l'Est, le café était indispensable. Une séance de dix-sept heures réunit Ulam, Mazur et Stefan Banach, l'éminent spécialiste de topologie algébrique (savoir que son nom a été donné à un « espace », « espaces de Banach », doit obséder son homme). Le meurtre de tant de maîtres par les nazis, le saccage systématique de la vie intellectuelle polonaise injectent une note lugubre dans les mémoires d'Ulam.

Schwartz et Ulam, qui devait jouer un rôle vital dans la fabrication de la bombe atomique à Los Alamos, ont tous deux conscience du paradoxe par lequel la plus « pure » des hypothèses et solutions mathématiques peut changer le destin empirique et politique. La physique des particules et la théorie de l'information, qui ont transformé notre monde, profitent d'outils mathématiques qui passaient jadis pour un obscur jeu spéculatif. Voyez la fonction cruciale du calcul tensoriel, si discret, dans la théorie einsteinienne de la relativité et dans l'équivalence de la masse et de l'énergie qui ont débouché sur les armes nucléaires. Toujours est-il que la concentration cérébrale, l'abstention de la mondanité requises du mathématicien — Ulam se souvient d'avoir passé jusqu'à six heures de tension absolue sur une question irrésolue touchant aux fondements de la théorie des ensembles — sont telles que les considérations politiques et sociales peuvent bien passer au second plan. D'où la stature exceptionnelle de maîtres comme Schwartz ou Sakharov, qui se sont évertués à rendre leurs disciples plus sensibles aux obligations humaines.

Aristote est l'auteur de contributions fondamentales à la logique, à l'épistémologie et aux sciences politiques. Karl Popper, aussi. Y en a-t-il eu un troisième ?

Les séminaires du mardi après-midi à la London School of Economics étaient légendaires. Participants et auditeurs ont laissé des trésors d'anecdotes. Témoignage d'un homme blessé jusqu'à l'hystérie et enclin à se faire valoir, *A Philosopher's Apprentice : In Karl Popper's Workshop*, de Joseph Agassi (1993), n'en reste pas moins précieux. Les deux hommes entretinrent des contacts étroits de 1953 à 1960. Suivant une manière juive, le disciple avait choisi et cherché son maître, qu'il appelle « le philosophe » (la touche est caractéristique) :

> Les quelques années que j'ai passées en contact étroit avec le philosophe ont été les plus séminales de toute ma vie. Sous sa tutelle, j'achevai mes années d'étudiant, qui avaient commencé dans l'échec et la misère et qui, avec son aide et sous sa houlette, se terminèrent dans l'excitation et le progrès : c'est de lui que j'ai appris comment écrire et ne pas écrire, comment argumenter et comment ne pas le faire, ce qui a du sens et ce qui n'en a pas, et comment faire son travail de son mieux. Sur le plan intellectuel, ma période d'apprentissage auprès du philosophe fut sans nul doute la plus excitante de ma vie.

Quasiment dès le début, pourtant, Agassi se heurta à un douloureux interdit. Sir Karl « ne pouvait tout bonnement pas parler éthique avec moi : lors même qu'il se déclara solennellement prêt à le faire, il sabota la discussion sur l'éthique. Pour moi, le choix était donc simple : partir ou rester et me quereller, lui rappeler sans cesse que je n'étais plus un apprenti ». Ce choix était naturellement tout sauf simple. Ni la distance géographique — Agassi fit le tour du monde en quête d'un poste — ni l'interruption des échanges philosophiques et personnels n'apaisèrent les tourments du disciple, son besoin de se faire accepter du maître et d'obtenir sa confiance. Le professeur Agassi s'efforça de faire la part des choses : « Ce n'étaient pas nos liens d'amitié que je voulais couper, mais cette relation d'apprentissage. Le résultat fut à l'opposé. » Le disciple se bat pour rien :

> J'étais apprenti auprès du philosophe, qui était donc mon maître — au sens très suranné du mot. Maître, il m'éduqua ; apprenti, je travaillai pour lui. L'échange était honnête, et j'étais tout à fait satisfait des choses telles qu'elles étaient. Je ne demandai rien de plus. [...] J'étais responsable de mon destin en ce que j'étais là par choix. [...] Mais jamais je ne promis de succéder à mon maître ; jamais je ne songeai à entrer dans ses souliers lorsqu'il se retirerait. Je le sais, au temps jadis, on attendait de l'apprenti qu'il le fît, et même qu'il épousât la fille du maître.

Pour compliquer les choses, la mêlée fut vive entre les disciples (la chronique d'Agassi a été à son tour contestée et rejetée par des acolytes). Épistémologue et logicien d'une exceptionnelle prouesse, le stellaire Imre Lakatos se conduisit, selon un Agassi exaspéré, comme si son modèle « n'était pas Iago, mais Staline », comparaison venimeuse vu les ambiguïtés du passé hongrois de Lakatos. Apparemment, le séminaire grouillait d'intrigues entre jeunes aspirants qui se donnaient des coups de poignard dans le dos à la première occasion. De fait, il est douteux que Karl Popper ait jamais considéré quiconque comme un pair, si ce n'est des auditeurs tels que Peter Medawar ou Ernst Gombrich. Sa prise de bec avec Wittgenstein est devenue une allégorie. Presque invariablement, les membres du séminaire étaient des abat-voix pour les monologues du maître. Les exigences n'en étaient pas moins féroces.

« Le philosophe travaillait jour et nuit au moins trois cent soixante jours par an. » Popper calcula qu'il avait récrit trente fois *La Société ouverte et ses ennemis*, conservant cinq versions complètes. Il travaillait sept jours par semaine, de l'aube jusqu'à minuit. Quand il était trop « mal pour un travail régulier », il s'acharnait sur des problèmes de logique. Il jeta son dévolu sur Joseph Agassi pour en faire son biographe (allégation qui a été contestée). Mais lorsque Popper « parvint enfin à me manipuler, je décidai de changer du tout au tout nos relations ». Le philosophe fit part de son ressentiment à des amis communs. L'aigreur et l'« ingratitude du départ » mirent fin à la relation. C'est un motif qui nous est familier. « Ostracisé par le maître en personne », Agassi se juge mieux qualifié pour comprendre les enseignements et la personnalité de Popper que ne le sont des disciples paralysés par la crainte de se faire rejeter.

L'égotisme exigeant de Karl Popper procédait du sentiment justifié d'avoir été négligé. Sa *Logik der Forschung*, qui fit date, parut en 1935 ; elle ne lui valut une certaine reconnaissance qu'en 1959, lorsque parut la version anglaise. Des contemporains de moindre valeur, mais acclamés, avaient abondamment puisé dans ses travaux sans reconnaître leur dette, ce qui le mettait en rage. Il ne voyait qu'imposture et mode chez les penseurs britanniques, comme lui d'origines étrangères, les plus reconnus par leurs pairs et dans le monde. Honneurs et reconnaissance furent très tardifs. Aussi « le philosophe » ne possédait-il ni l'élégance du cœur ni celle de l'intelligence. Ses « aveux de changements d'avis sont rares et forcés, comme si c'étaient des aveux de culpabilité. Et ce, bien que le changement sous l'effet de la critique soit un progrès et que les changements subreptices comptent parmi les pires crimes intellectuels ». Rude fut son destin de philosophe juif, politiquement clairvoyant de surcroît, au XXe siècle, de réfugié qui eut longtemps à souffrir de la condescendance de ses (très rares) pairs. Quant à Agassi, il le sait, son destin est « morne ». Il ne saurait se remettre de la « rudesse explosive » du maître, du « tribunal informel » et des accusations de trahison portées contre lui avant la rupture finale de 1964. Il proteste, tout en sachant que ce sera inutile, que son « propos n'est pas de se venger », qu'il ne veut aucun mal à sir Karl.

Après la tragédie, la satire. Des menaces physiques figurent dans les récits rivaux de l'affrontement entre Popper et Wittgenstein. *La Leçon*, de Ionesco (1951), trouve son apogée dans le meurtre. Cette farce macabre fait contrepoint au *Ménon*, par lequel nous avons commencé. Sa réussite réside dans sa cadence, les rythmes masturbatoires et éjaculatoires qui nourrissent la langue. Cette farce noire attire l'attention sur l'entrelacement de l'éros et du sadisme, de l'humiliation sexuelle et de la délivrance inséparables, peut-être, des soubassements de l'enseignement. Les rapports de forces, toujours centraux chez Ionesco, la coercition sont poussés jusqu'à la folie. Le sadisme du professeur tourne au masochisme sous la férule de la Bonne (ombres de Strindberg et de Jarry). L'hypnotique tourne à l'homicide à travers la plus périlleuse des disciplines, la philologie. « La philologie mène au pire. » La grammaire et ses complexités irrationnelles incarnent l'autorité. L'étudiant, le sous-lettré, le prolétaire sont privés de cet instrument dominant.

> Résumons : pour apprendre à prononcer, il faut des années et des années. Grâce à la science nous pouvons y arriver en quelques minutes. Pour faire donc sortir les mots, les sons et tout ce que vous voudrez, sachez qu'il faut chasser impitoyablement l'air des poumons, ensuite le faire délicatement passer, en les effleurant, sur les cordes vocales qui, soudain, comme des harpes ou des feuillages sous le vent, frémissent, s'agitent, vibrent, vibrent, vibrent, vibrent ou grasseyent, ou chuintent ou se froissent, ou sifflent, sifflent, mettant tout en mouvement : luette, langue, palais, dents...

« Dents » : trente-quatre fois, la jeune élève proteste piteusement que son mal de dents ne fait qu'empirer. En vain. Monsieur va instruire, va discipliner Mademoiselle, qu'elle le veuille ou non. L'interrogation confine à la torture, comme dans *Alice au pays des merveilles*, avec le questionnement des Reines blanches et rouges. L'accelerando sériel atteint des sommets fébriles :

> Je vous appelais pour aller me chercher les couteaux espagnol, néo-espagnol, portugais, français, oriental, roumain, sardanapali, latin et espagnol. [...]
>
> Il suffira que vous prononciez le mot « couteau » dans toutes les langues, en regardant l'objet, de très près, fixement, et en vous imaginant qu'il est de la langue que vous dites.

> Le cadavre est retiré ; on sonne à la porte. La Bonne :
>
> Vous êtes la nouvelle élève ? Vous êtes venue pour la leçon ? Le Professeur vous attend. Je vais lui annoncer votre arrivée. Il descend tout de suite ! Entrez donc, entrez, Mademoiselle[9] !

Cette fatalité, cet automatisme de la circularité ne pourraient-ils être une parodie de la doctrine nietzschéenne de « l'éternel retour » ?

★

Dans l'épistémologie de Popper, la fécondité de l'erreur et la falsifiabilité sont essentielles. De quelles façons, à quelles fins est-il possible ou praticable d'enseigner le faux, de tromper sciemment ? Le *trompeur*, le mauvais démon capable de déjouer la pensée rationnelle, de falsifier les preuves, couvre de son ombre les méditations de Descartes. En dernière analyse, seul l'amour de Dieu peut garantir une réalité « enseignable » parce que « véridique ». Le pari de Descartes sur la fiabilité du *magisterium* divin est un bond dans la lumière. Il ne saurait être prouvé. Dans cette question des maîtres du faux, de disciples délibérément fourvoyés, des discriminations s'imposent, mais nuances et zones grises abondent.

Le maître peut professer « ce qui n'est pas », où la rubrique de Swift répond d'avance à la question parménidienne et aristotélicienne quant aux propositions qui supposent le non-être, qui exprimeraient la non-existence. Le mensonge peut s'enseigner *à dessein :* voyez le paradoxe. Pour persuader, séduire au nom du mal politique, du jeu cynique. On peut enseigner le faux pour inciter à la rébellion contre Dieu et son ordre universel. Tel est le domaine immense du satanique, ou de l'Archange déchu de Milton, de Simon le Magicien ou de Méphistophélès. Dans une veine profane, les sophistes se virent accuser de subvertir les prétentions du langage à la solidité ontologique, à une correspondance authentique avec un être tangible et vérifiable. Pourtant, Hegel déclare sans détours que ces mêmes sophistes ont été les pères de la culture grecque et des arts de la pédagogie (Socrate n'est-il pas un sophiste ?). La propagande inculque des mensonges ; les idéologies contaminent délibérément le matériau politique, social, racial et économique. L'islam enseigne à ses martyrs que soixante-douze vierges les attendent dans l'au-delà. Mais rares sont les exemples tranchés, et si difficile est la réfutation ! Même dans les sciences exactes, des critiques comme I. Lakatos et P. Feyerabend ont contesté les critères, chers à Popper, de l'*experimentum crucis* et de la vérifiabilité.

Le faux peut aussi s'enseigner de manière involontaire, contingente et temporelle. Les ombres sont multiples. L'information, le texte corrigé n'est pas encore parvenu au maître.

La censure interdit leur diffusion. Les *errata*, au fil des siècles, peuvent être innocents. Des hommes de la plus haute intégrité ont enseigné et persisté à enseigner la cosmographie de Ptolémée ou la théorie phlogistique de la combustion. Et que dire des fondamentalistes qui, de nos jours, inculquent à leurs rejetons que la Terre est plate ou dénigrent la théorie de l'évolution ? La prudence n'en est pas moins de rigueur. Les orthodoxies actuelles de la cosmologie, de la physique et de la biogénétique se révéleront-elles durables ? Rarement, certes, mais même les mathématiques requièrent parfois des révisions ; certains axiomes euclidiens sont, en un sens plus large, réfutés par les géométries non euclidiennes. Nous n'attachons pas à ces multiples formes et histoires d'erreur les stigmates de l'intention perverse ou coupable. Les croyances contingentes sont sujettes à des mutations. Tout enseignement est provisoire. Il doit toujours solliciter les dissensions qui viendront le corriger. Pour le sophiste, cette dissension n'est ni plus ni moins valable que les propositions qu'elle défie. Pour le rationaliste, pour le libéral adepte du méliorisme, elle est une étape potentielle vers une supposition toujours plus inclusive et féconde. Tout le thème des « faux maîtres » reste à explorer. Les Écritures n'en citent que deux, l'un en Samarie (Actes des apôtres, 8, 9-24), l'autre à Chypre (13, 6-12).

Une chose me paraît irrécusable : le maître qui enseigne *délibérément* le faux ou l'inhumanité (c'est une seule et même chose) à son disciple entre dans la catégorie de l'impardonnable. Mais ce n'est pas sur cette note ténébreuse que je souhaite conclure.

À Munich, dans le courant de l'hiver 1918-1919, Max Weber donna une conférence sur le thème « La science comme vocation » (*Wissenschaft* signifiant « étude » et « connaissance » au sens le plus inclusif), qui, quoique imparfaitement retranscrite, devint rapidement un classique. L'Europe gisait, étripée. Sa haute civilisation, sa quête de l'excellence intellectuelle, dont les universités allemandes fournissaient de sûres garanties, s'étaient révélées impuissantes à arrêter la catastrophe. Serait-il possible de rendre à cette vocation de savant, de maître, son prestige et son intégrité ? Weber a prévu l'américanisation, le passage du savoir le plus haut et de la vie universitaire en Europe sous la coupe d'une bureaucratie gestionnaire. Or, observait-il, « il y a un abîme [...] entre le chef de cette sorte de grande entreprise universitaire capitaliste et l'habituel professeur titulaire du vieux style ». Ainsi se trouvait menacée l'unisson, indispensable à ses yeux, de la recherche scientifique et de l'enseignement. Les critères de promotion, qui s'imposaient maintenant, étaient suspects.

> Or c'est un fait que les étudiants font affluence chez un professeur pour des raisons qui sont dans une très large mesure — si large même qu'on a peine à y croire — étrangères à la science comme le tempérament ou l'inflexion de la voix. Une expérience personnelle, déjà suffisamment riche, et une réflexion exempte de toute illusion m'ont conduit à me méfier fortement des cours suivis par une masse d'étudiants, bien que sans doute pareille aventure soit inévitable. Mais il faut mettre la démocratie là où elle convient. En effet l'éducation scientifique telle que nous devons la donner par tradition dans les universités allemandes est une affaire d'*aristocratie spirituelle*[10].

La menace qui pèse sur ces traditions est, de surcroît, interne à la *Wissenschaft*. Notre culture s'est lancée dans une vague de spécialisation sans retour. Le profane, le polymathe est désespérément vulnérable. En un sens, cette focalisation est admirable : « Tout être qui est incapable de se mettre pour ainsi dire des œillères et de se borner à l'idée que le destin de son âme dépend de la nécessité de faire telle conjecture, et précisément celle-là, à tel endroit dans tel manuscrit, ferait mieux tout bonnement de s'abstenir du travail scientifique. » Ceux qui demeurent incapables d'éprouver cette « singulière ivresse » devraient aller voir ailleurs[11]. Pourtant, pareille spécialisation peut stériliser. De grandes hypothèses, de formidables intuitions peuvent germer dans l'esprit du « dilettante », du généraliste et de l'amateur (par exemple, le déchiffrement du linéaire B). L'inspiration ne se programme pas. L'intuition cardinale ne survient que lorsqu'il lui plaît, sans consulter nos désirs. Que ce soit dans les humanités ou dans les sciences, dans l'entreprise ou dans les arts, l'œuvre créatrice trouve son origine dans ce que Platon appelait la « manie ». Toute la différence est que l'homme de science doit se résigner au caractère transitoire de ses découvertes : il n'est que le serviteur d'un progrès qui annulera ou corrigera ses efforts. Seul l'art est « accomplissement » en ce qu'aucun produit ultérieur ne le rend obsolète. Hommes de science et savants sont voués à un idéal sacrificiel.

Intentionnellement ou non, le *Rektoratsrede* de Heidegger était une réponse à la noblesse stoïque de Max Weber. Sa formulation était si entortillée, voire ésotérique, qu'elle en rendait l'interprétation à la fois hasardeuse et interminable. Indubitable, en revanche, est l'identification de l'étude et de l'enseignement, de l'université *in toto* avec le destin du *Volk* et les impératifs de la révolution nationale-socialiste. La spiritualité désintéressée, telle que la concevaient Kant et Weber, est devenue un luxe intempestif. Dans la nouvelle Sparte, il n'est de maîtres que sous un maître unique. Les disciples marchent au rythme de ses tambours. Le poétique lui-même retourne à ses racines étymologiques dans l'action physique. Ces textes ont tous deux leur grandeur. Mais dans l'exaltation heideggerienne de l'obéissance et de la condition de disciple, il est plus qu'une veine de barbarie. Dans son sillage imminent, l'image chère à Yeats des « sages debout dans la sainte flamme de Dieu[12] » (leurs livres ayant été brûlés) a pris une insupportable actualité. Elle n'a pas non plus perdu sa menace.

ÉPILOGUE

Les relations entre maîtres et disciples sont-elles appelées à persister sous les formes que j'ai esquissées ?

Le besoin de transmettre savoir et compétences, le désir de les acquérir sont des constantes de la condition humaine. Maîtrise et apprentissage, instruction et acquisition doivent continuer aussi longtemps qu'il y aura des sociétés. La vie, telle que nous la connaissons, ne saurait s'en passer. Mais des changements significatifs sont en cours.

Le rôle exponentiel et l'autorité des sciences et des techniques dans les affaires de la planète vont bien au-delà de l'économie et du pragmatique. Il s'agit là d'un mouvement tectonique, d'un déplacement du centre de gravité aussi profond dans ses conséquences que l'érosion progressive, dans la mentalité adulte, des visions religieuses du monde — elle-même, précisément, corrélative de la souveraineté du scientifique. J'ai donné des éléments indiquant combien les énergies et l'excellence de l'intelligence s'investissent déjà dans les sciences plus que partout ailleurs. Ce nouvel équilibre est appelé à se généraliser. Le calcul, la théorie de l'information et la recherche documentaire, l'ubiquité de l'Internet et du Web sont bien plus qu'une révolution technique. Tous impliquent des transformations de la conscience, de nos formes habituelles de perception et d'expression, de sensibilité réciproque, que nous commençons tout juste à mesurer. Innombrables sont les terminaux et synapses auxquels ils s'attacheront à notre système nerveux et à nos structures cérébrales (peut-être analogues). Le logiciel sera pour ainsi dire intériorisé, et la conscience peut devenir une seconde peau.

L'impact sur l'apprentissage est d'ores et déjà capital. Devant sa console, l'écolier se branche sur de nouveaux mondes. De même que l'étudiant muni de son portable ou le chercheur qui surfe sur le Web. Les conditions de l'échange et du débat, de la collaboration, du stockage en mémoire, de la transmission immédiate et de la représentation graphique ont déjà réorganisé maints aspects de la *Wissenschaft*. L'écran peut enseigner, examiner, démontrer, interagir avec une précision, une clarté et une patience qui dépassent celle de tout instructeur humain. Ses ressources peuvent être disséminées et mobilisées à volonté. Il ne connaît ni préjugé ni fatigue. À son tour, l'apprenti peut questionner, objecter, répondre dans une dialectique dont la valeur pédagogique pourrait bien dépasser celle du discours parlé.

Comme par réaction, surtout dans un Occident insomniaque, on n'a jamais autant fait appel aux services de sages et de thérapeutes, de gourous et de chamans plus ou moins sécularisés. Jamais il n'y a eu autant de guérisseurs et de rebouteux, de pourvoyeurs en occulte, de *consilieri* spirituels (le vocabulaire mafieux est de mise) ou de roués charlatans. J'ai fait allusion à la vague souvent factice, mais indéniable, de l'« orientalisme » et de la mystique. Plus influents encore sont les filets de la psychanalyse, avec ses rivalités entre maîtres, ses cercles de dépendance et de disciples, qui colorent notre langue et nos *mores* à tant d'égards. Quoique sous des dehors qui peuvent être proches de la parodie, les motifs classiques du maître et du disciple fleurissent. Par certains côtés, le *New Age*, le climat de l'après-Freud sont présocratiques. Pythagore et Empédocle y seraient à l'aise.

L'aura charismatique du maître inspiré, le roman de la *persona* dans l'acte pédagogique dureront, à n'en point douter. Mais, et c'est là le plus grave, les domaines auxquels ils s'attacheront paraissent de plus en plus réduits. De plus en plus, la transmission du savoir et de la *technê* s'en remettront à d'autres moyens et formes d'engagement. La fidélité et la trahison, Zarathoustra et ses commandements d'amour et de rébellion, l'un n'allant pas sans l'autre, sont étrangers à l'électronique.

Les femmes maîtres ont été éminentes, certes, mais peu nombreuses. Depuis Syracuse, Athènes et Antioche, les femmes disciples affluaient. Cette « démographie » est en passe de changer. Dans les études de littérature et de langues modernes, les jeunes femmes sont déjà plus nombreuses que les garçons. La féminisation va croissant dans les humanités et les arts libéraux. Les femmes se battent pour leur juste place au soleil de la science et des techniques. La structure patriarcale propre aux relations de maître à disciple s'efface. L'identité de genre et les lignes de partage des sexes se brouillent. Les formes de fidélité et de trahison, d'*auctoritas* et de rébellion, de mimésis et de rivalité que nous avons examinées sont néanmoins vouées à changer. À l'égard de ses élèves de sexe masculin — le mot même de « disciple » peut prendre une autre résonance —, la femme maître ne manquera pas d'acquérir des réflexes, des attentes et des gestes symboliques d'un type complexe et inédit. Réciproquement, le disciple de sexe masculin élaborera des attitudes tout à la fois dévouées et, en un sens, neutres. Les femmes disciples de femmes peuvent se trouver dans une situation à la fois simplifiée et instable, même si nous faisons totalement abstraction de la complication introduite par l'élan érotique. La littérature n'en demeure pas moins rare et marginale. J'ai cité les témoignages autour de Nadia Boulanger et de Simone Weil. Il en est des prémonitions dans les fictions d'Iris Murdoch. Le matériau ne peut qu'augmenter. Pour l'heure, nous en sommes réduits à des conjectures quant à des valeurs et à des tensions sans précédent.

La troisième mutation est la plus importante. Elle est aussi la plus difficile à définir. Quel que soit son contexte ethnique, quelle que soit la civilisation concernée, la relation de maître à disciple a toujours été profondément enracinée dans l'expérience et le culte religieux. À la source, les leçons des maîtres étaient celles du prêtre. La modulation dans la philosophie présocratique et antique a été presque imperceptible. Le *magisterium* du maître au Moyen Âge ou à la Renaissance était, formellement, celui du théologien, de Thomas d'Aquin ou de Bonaventure en chaire. L'héritage théologique s'est affaibli, mais ses conventions sont restées en vigueur tout au long de la modernité profane. Ces formes, ces conventions de l'esprit étaient sous-tendues par une révérence qui allait tellement de soi que c'est à peine si on s'interrogeait sur elle. Vénérer son maître était le code natal et naturel de la relation. Où pâlissent la révérence et la déférence, ne demeurent pas moins le respect, qui en dérive étroitement, et une soumission volontaire. Dans une forme d'enveloppement, dont la définition en Occident remonte à Aristote et à Cicéron, le dynamisme est celui de l'admiration, de la fierté admirative devant la stature du maître et de l'acceptation de sa condition de disciple. « C'est notre maître, fameux, calme et mort / Porté sur nos épaules. »

Je dirais que notre temps est celui de l'irrévérence. Les causes de cette transformation fondamentale sont celles de la révolution politique, du chambardement social (la fameuse « révolte des masses » d'Ortega y Gasset), du scepticisme obligé dans les sciences. L'admiration, pour ne dire mot de la révérence, est passée de mode. Nous sommes des intoxiqués de l'envie, du dénigrement et du rabaissement. Nos idoles doivent arborer des têtes d'argile. L'encens s'élève, mais vers les athlètes et les *pop stars*, les assoiffés de fric et les rois du crime. La célébrité, qui sature notre vie médiatique, est le contraire de la *fama*. Porter un maillot au numéro du dieu du foot, reproduit à des millions d'unités, ou se coiffer comme le crooner est aux antipodes de la condition de disciple. À l'avenant, la notion de sage confine au risible. La conscience est populiste et égalitaire, ou prétend l'être. Toute invocation manifeste d'une élite, d'une aristocratie de l'intelligence, si évidente pour un Max Weber, n'est pas loin d'être proscrite par la démocratisation du système de consommation de masse (même si cette démocratisation comporte, sans nul doute, des libérations, des sincérités et des espoirs de premier ordre). L'exercice de la révérence retourne à ses lointaines origines dans la sphère religieuse et rituelle. À travers les relations mondaines, séculières, la note dominante, souvent effrontément américaine, est celle de la contestation et de l'impertinence. Les *monuments of unageing intellect*, les « monuments de l'esprit qui ne vieillit pas[1] », peut-être même nos cerveaux, sont couverts de graffitis. À l'entrée de qui les étudiants se lèvent-ils ? « Plus de maîtres », proclamait l'un des slogans qui fleurissaient sur les murs de la Sorbonne en mai 1968.

Scientisme, féminisme, démocratie de masse et médias. Les « leçons des maîtres » peuvent-elles, doivent-elles survivre à l'offensive ?

Je crois que oui, même si c'est sous des formes imprévisibles. Je crois qu'il le faut. La *libido sciendi*, la soif de connaissance, le besoin ardent de comprendre sont inscrits dans le meilleur des hommes et des femmes. Comme l'est la vocation d'enseignant. Il n'est de métier plus privilégié. Éveiller chez un autre être humain des pouvoirs, des rêves au-delà des siens ; induire chez d'autres l'amour de ce que l'on aime ; faire de son présent intérieur leur futur : une triple aventure à nulle autre pareille. À mesure qu'elle s'étend, la famille de ses anciens étudiants est semblable aux branchages, au feuillage d'un tronc vieillissant (j'ai des étudiants sur cinq continents). C'est une incomparable satisfaction que d'être le serviteur, le courrier de l'essentiel — en sachant pertinemment combien sont rares les créateurs ou découvreurs de premier rang. Fût-ce à un humble niveau, celui du maître d'école, enseigner, bien enseigner, c'est se rendre complice du possible transcendant. Éveillé, cet enfant exaspérant du dernier rang peut écrire les vers ou conjecturer le théorème qui occuperont des siècles. Une société, comme celle du profit débridé, qui n'honore pas ses maîtres est viciée. Tel pourrait bien être le sens radical de la pornographie enfantine. Où des hommes et des femmes s'en vont nu-pieds en quête d'un maître (trope hassidique fréquent), la force vive de l'esprit est préservée.

La relation de maître à élève est faillible. Inévitablement, jalousie et vanité, mensonge et trahison font irruption. Mais ses espoirs éternellement renouvelés, la merveille imparfaite de la chose nous tournent vers la *dignitas* de la personne humaine, vers son retour au bercail jusqu'au meilleur de soi. Aucun moyen mécanique, si expéditif soit-il, aucun matérialisme, même triomphant, ne saurait effacer l'aurore dont nous faisons l'expérience quand nous avons compris un maître. Cette joie ne rend nullement la mort plus légère. On enrage, au contraire, devant ce gaspillage. Le temps n'est-il pas venu d'une autre leçon ?

Le propos doit s'achever en poésie. Nul n'a réfléchi plus profondément que Nietzsche aux problèmes que j'ai essayé d'aborder :

O Mensch! Gib acht!
Was spricht die tiefe Mitternacht?
« Ich schlief, ich schlief —,
Aus tiefem Traum bin ich erwacht : —
Die Welt ist tief,
Und tiefer als der Tag gedacht.
Tief ist ihr Weh —,
Lust — tiefer noch als Herzeleid :
Weh spricht : "Vergeh!"
Doch alle Lust will Ewigkeit —,
— will tiefe, tiefe Ewigkeit[2] *!»*

Humain ! prends garde !
Qui dit le Minuit profond ?
« Je dormais, dormais,
J'émergeai d'un rêve profond.
L'univers est profond, profond,
Plus que le jour ne l'imagine.
Profonde est sa douleur, la joie
— plus profonde encore que la peine de cœur.
La douleur dit : "Passe et péris !"
Mais la joie veut l'éternité,
Veut la profonde, profonde éternité ! »

Essai de traduction hésitant. Quand il en est déjà un qui s'envole : dans la partition de Mahler. De maître à maître.

REMERCIEMENTS

Un grand merci à l'université Harvard de m'avoir invité à donner ces Charles Eliot Norton Lectures en 2001-2002.

Au cours de mon séjour, la courtoisie, la chaleur de l'accueil dans le département d'anglais m'ont beaucoup apporté. Tout comme le vif soutien des principaux membres du programme d'études afro-américaines.

À William Logan, poète et critique, je dois de précieuses touches d'*Americana*.

Mon fils, David Steiner, professeur à l'université de Boston, et son épouse, le Dr. Evelyne Ender (qui fut mon étudiante), sauront ce que leur présence a représenté pour moi.

Dans l'enseignement comme dans l'étude, le compagnonnage de ma femme, le Dr. Zara Steiner, a été tout du long exemplaire.

G. S.
Cambridge, Royaume-Uni,
octobre 2002.

NOTES

Toutes les notes sont du traducteur. Elles indiquent non pas les sources de l'auteur, mais les ouvrages auxquels on a cru bon de se reporter pour établir la version française.

INTRODUCTION

1. P. Celan, « Éloge du lointain », in *Choix de poèmes réunis par l'auteur*, trad. J.-P. Lefebvre, Paris, Gallimard, 1998, p. 42-43.

CHAPITRE I

ORIGINES DURABLES

1. M. Arnold, *Empédocle sur l'Etna*, I, 1, 121-122, trad. L. Bonnerot, Paris, Aubier, 1947, p. 100-103.
2. *Ibid.*, II, 29-30, p. 134-135.
3. Ovide, *Les Métamorphoses*, XV, 63-66, trad. D. Robert, Le Méjan, Actes Sud, 2001, p. 600-603.
4. *Ibid.*, 143-144, p. 604-605.
5. *Ibid.*, 147-152, p. 604-607.
6. *Ibid.*, 67, p. 602-603 (« ébloui par sa parole, les origines de l'univers »).
7. Platon, *Le Banquet*, 221 d, in *Œuvres complètes*, éd. L. Robin, Paris, Gallimard, « Bibliothèque de la Pléiade », 1950, vol. 1, p. 761-762.
8. *Ibid.*, 219 c-d, p. 758-759.
9. K. Marx, *Manuscrits de 1844*, *in* K. Marx, *Œuvres. Économie II*, éd. M. Rubel, Paris, Gallimard, 1968, p. 118.
10. Platon, *Le Banquet*, in *op. cit.*, p. 754 *sq.*
11. Platon, *Ménon*, 80 e, in *op. cit.*, p. 528.
12. Fragment des années 1796-1798 (absent de l'édition des *Œuvres* dans la « Bibliothèque de la Pléiade »).

13. Marc 1, 22 (Traduction œcuménique de la Bible).
14. Marc 14, 37.
15. G. Steiner, « Deux soupers », in *Passions impunies*, trad. L. Évrard et P.-E. Dauzat, Paris, Gallimard, 1997, p. 37-77.

CHAPITRE II

PLUIE DE FEU

1. Porphyre, *La Vie de Plotin*, deux volumes, Paris, Vrin, vol. 2, 1992, p. 170-175.
2. Voir Actes des apôtres 17, 23.
3. P. Boutang, lettre à Ch. Maurras, 16 décembre 1944, in *Pierre Boutang. Les Dossiers H*, Lausanne, L'Âge d'Homme, 2002, p. 367.
4. Dante, *Enfer*, trad. J. Risset, Paris, GF/Flammarion, 1992, III, 19-21, p. 40-41.
5. *Ibid.*, VIII, 7, p. 81-82.
6. Dante, *Paradis*, VIII, 6.
7. *Ibid.*, XXX, 48, trad. J. Risset, Paris, GF/Flammarion, 1992, p. 276-277.
8. Dante, *Purgatoire*, « Par toi je fus poète, par toi chrétien » : XXII, 73, p. 204-205.
9. *Ibid.*, 88-89.
10. *Ibid.*, « Frères, Dieu vous donne la paix ! », XXI, 13, p. 192-193.
11. *Ibid.*, « Traitant les ombres comme corps solides », XXI, 136, p. 198-199.
12. Voir Dante, *Enfer*, XV, 84-85, trad. J. Risset, p. 144-145. La traduction de J. Risset correspond mot pour mot à celle de Norton.
13. *Ibid.*, XV, 106-107, p. 146-147.
14. *La Tempête*, V, 4, fin, trad. P. Leyris et É. Holland, *in* Shakespeare, *Œuvres complètes*, Paris, Gallimard, « Bibliothèque de la Pléiade », 1959, vol. 2, p. 1525.
15. Voir « Borges et moi », *in* Borges, *Œuvres complètes*, éd. J.-P. Bernès, Paris, Gallimard, « Bibliothèque de la Pléiade », 1999, vol. 2, p. 28.
16. F. Pessoa, *Notes en souvenir de mon maître Caeiro*, trad. D. Lecomte, Paris, Fischbacher, 1996.
17. *Ibid.*, p. 16-17, 18, 23-24.
18. *Ibid.*, p. 51-52.
19. *Ibid.*, p. 58-64.
20. G. de Maupassant, « Le roman », in *Pierre et Jean*, Paris, Livre de Poche, 1984, p. 30-31.
21. L'expression — littéralement : « juste associer », « simplement relier » les fragments, les bribes de sa vie, « la prose et la passion » — figure au chapitre XXII de son roman *Howards End*, trad. C. Mauron, Paris, Plon, 1950, rééd. coll. 10/18, 1995, p. 209.

CHAPITRE III

MAGNIFICUS

1. Pour la version française, voir Marlowe, *Faust*, trad. P. de Rothschild, Paris, Seghers, 1972 ; ici V, 1, p. 124.
2. *Ibid.*, V, 2, p. 130.
3. *Ibid.*, p. 133.
4. *Ibid.*, épilogue, p. 139.
5. Suivant la série de A. Maurois illustrée par Jean Bruller.
6. R. Browning, *Hommes et femmes*, trad. L. Cazamian, Paris, Aubier, sd, p. 268-269, 264-275.
7. Faust, *Goethe*, trad. H. Lichtenberger, Paris, Aubier-Montaigne, sd, p. 32.
8. *Ibid.*, p. 65.
9. *Second Faust*, in Goethe, *Théâtre complet*, Paris, Gallimard, « Bibliothèque de la Pléiade », 1951, p. 1168.
10. F. Pessoa, *Faust*, trad. P. Léglise-Costa et A. Velter, Paris, Bourgois, 1990, p. 103.
11. P. Valéry, *Œuvres*, Paris, Gallimard, « Bibliothèque de la Pléiade », 1960, vol. 2, p. 358.
12. *Ibid.*, p. 364, 365, 368, 373-374, 377.
13. M. Brod, *L'Astronome qui trouva Dieu*, trad. G. Lacheteau, introd. A. Thérive, Paris, Éditions du Siècle, 1932.
14. M. Brod, *Une Vie combative*, trad. A. Kohn, Paris, Gallimard, 1964, p. 189.
15. *Ibid.*, p. 212, 215.
16. Cité par H. Ott, *Martin Heidegger. Éléments pour une biographie*, trad. J.-M. Belœil, Paris, Payot, 1990, p. 188.
17. *Ibid.*, p. 191.
18. G. Eliot, *Middlemarch*, trad. A. Loisy, Paris, Christian Bourgois, 1981, chap. II, p. 18, 23 et 19.
19. *Ibid.*, chap. III, p. 25, 29.
20. *Ibid.*, chap. VII, p. 65.
21. *Ibid.*, chap. X, p. 89.
22. *Ibid.*, chap. XX, p. 199, 200, 202, 205 (trad. légèrement modifiée).
23. *Ibid.*, chap. XXVIII, p. 284 (trad. légèrement modifiée).
24. *Ibid.*, chap. XLII, p. 431.
25. *Ibid.*, chap. XLVIII, p. 482.
26. *Ibid.*, chap. XLII, p. 431.
27. Lettre de Heidegger à Arendt, 10 février 1925, *in* H. Arendt et M. Heidegger, *Lettres et autres documents, 1925-1975*, trad. P. David, Paris, Gallimard, 2001, p. 15.
28. *Ibid.*, p. 18-19.
29. *Ibid.*, p. 59-60.
30. *Ibid.*, p. 68.

31. *Ibid.*, p. 101.
32. *Ibid.*, p. 107.
33. J. Derrida, *in* D. Janicaud, *Heidegger en France. II. Entretiens*, Paris, Albin Michel, 2001, p. 103.

CHAPITRE IV

MAÎTRES À PENSER

1. P. Boutang, *loc. cit.*, p. 367-368.
2. A. Dumas fils, *La Femme de Claude*, Paris, Michel Lévy, 1873, préface, p. LXXVIII.
3. « Nous détestons la poésie qui a sur nous des visées tangibles », assurait John Keats dans une lettre à Reynolds.
4. P. Bourget, *Le Disciple*, Paris, La Table Ronde, 1994, p. 15.
5. *Ibid.*, p. 308.
6. *Ibid.*, p. 318.
7. *Ibid.*, p. 327.
8. W. B. Yeats, « L'homme et l'écho » in *Choix de poèmes*, trad. R. Fréchet, Paris, Aubier-Montaigne, 1975, p. 238-239.
9. Alain, *Souvenirs concernant Jules Lagneau*, Paris, Gallimard, 1925, p. 176.
10. A. Bridoux, cité par A. Sernin, *Alain. Un sage dans la cité*, Paris, Robert Laffont, 1985, p. 123.
11. *Ibid.*, p. 282.
12. *Ibid.*, p. 314.
13. Ce film de Sam Wood (1939) où le professeur solitaire est métamorphosé par l'amour d'une femme.
14. F. Nietzsche, *Schopenhauer éducateur*, trad. H.-A. Baatsch, in *Œuvres philosophiques complètes II. Considérations inactuelles*, III, Paris, Gallimard, 1988, p. 22-23.
15. *Ibid.*, p. 96.
16. F. Nietzsche, *Poèmes (1858-1888). Dithyrambes pour Dionysos*, trad. M. Haar, Paris, Poésie/Gallimard, 1997, p. 27.
17. F. Nietzsche, *Ainsi parlait Zarathoustra*, livre I, « De la vertu qui donne », 3, trad. G. Bianquis, Paris, Aubier, 1992, p. 180-183.
18. H. Hesse, *Le Jeu des perles de verre*, trad. J. Martin, in Hesse, *Romans et nouvelles*, Paris, La Pochotèque, 1999, p. 1502.
19. *Ibid.*, p. 1858.
20. Iris Murdoch, *Le Séducteur quitté*, trad. A. Der Nersessian, Paris, Gallimard, 1964, p. 128.
21. *Ibid.*, p. 307.
22. H. Heine, « Ein Jüngling liebt ein Mädchen », in *Anthologie bilingue de la poésie allemande*, éd. J.-P. Lefebvre, Paris, Gallimard, « Bibliothèque de la Pléiade », 1995, p. 683.

CHAPITRE V

EN PAYS NATAL

1. H. James, *La Leçon du maître*, trad. M. Gauthier, J. Lee et B. Peeters, Paris, Éditions de l'Équinoxe, rééd. Points-Seuil, 1984, p. 21, 26, 35, 40, 43 et 46.
2. *Ibid.*, p. 47, 49, 51.
3. *Ibid.*, p. 75-76, 78
4. *Ibid.*, p. 81.
5. *Ibid.*, p. 96.
6. Allusion au film du réalisateur britannique Robert Hartford-Davis, également connu sous le titre *Yellow Teddy Bears* (1963), évoquant les déboires de jeunes délurées dans un pensionnat prestigieux.
7. En français, *L'Âme désarmée. Essai sur le déclin de la culture générale*, trad. P. Alexandre, Paris, Julliard, 1987.
8. S. Bellow, *Ravelstein*, trad. R. Lambrechts, Paris, Gallimard, 2002, p. 21.
9. *Ibid.*, p. 23, 32.
10. *Ibid.*, p. 38-39.
11. *Ibid.*, p. 73.
12. *Ibid.*, p. 121 (trad. légèrement modifiée).
13. *Ibid.*, p. 207.

CHAPITRE VI

UNE INTELLIGENCE QUI NE VIEILLIT PAS

1. M. Buber, *Les Récits hassidiques*, trad. A. Guerne, Paris, Éditions du Rocher, 1978, p. 118, 126.
2. *Ibid.*, p. 15-22, pour les citations qui précèdent.
3. Voir notamment p. 172, 190, 345, 379 et 417.
4. M. Buber, *Les Contes de rabbi Nahman*, Paris, Stock, 1981.
5. Y. Kawabata, *Le Maître ou Le Tournoi de go*, trad. S. Regnault-Gatier, Paris, Albin Michel, 1975.
6. R. P. Feynman, *Vous voulez rire, monsieur Feynman !*, trad. F. Balibar et C. Guthmann, Paris, Odile Jacob, 2000, p. 81-82.
7. *Ibid.*, p. 176.
8. *Ibid.*, p. 277.
9. E. Ionesco, *La Cantatrice chauve, suivi de La Leçon*, Paris, Gallimard, coll. Folio, 1973, p. 117, 123, 139, 150.
10. M. Weber, « Le métier et la vocation de savant » (*Wissenschaft als Beruf*, 1919), *in* Weber, *Le Savant et la Politique*, Paris, Plon, 1959 ; rééd., coll. 10-18, 1974, p. 57, 60-61.
11. *Ibid.*, p. 62-63.

12. Voir Yeats, « Voile vers Byzance », in *Choix de poèmes*, *op. cit.*, p. 168-169.

ÉPILOGUE

1. *Ibid.*
2. F. Nietzsche, *Ainsi parlait Zarathoustra*, livre IV, LXXIV, 12.

INDEX

DU MÊME AUTEUR

TOLSTOÏ OU DOSTOÏEVSKI, *Le Seuil, 1963 ; 10-18, 2005.*

ANNO DOMINI, *Le Seuil, 1966 (Gallimard, Folio n° 2344).*

LANGAGE ET SILENCE, *Le Seuil, 1969 ; 10-18, 1999.*

LA CULTURE CONTRE L'HOMME, *Le Seuil, 1973.*

APRÈS BABEL. Une poétique du dire et de la traduction, *Albin Michel, 1978* ; nouvelle édition entièrement refondue, *Albin Michel, 1998.*

LE TRANSPORT DE A. H., *Julliard-L'Âge d'Homme, 1981.*

MARTIN HEIDEGGER, *Albin Michel, 1981 ; Flammarion, 1987.*

LES ANTIGONES, *Gallimard, 1986 (Folio Essais n° 182).*

DANS LE CHÂTEAU DE BARBE-BLEUE. Notes pour une redéfinition de la culture, *Gallimard, 1986 (Folio Essais n° 42).*

COMMENT TAIRE ?, *Éditions Cavaliers Seuls, 1987.*

LE SENS DU SENS, *Vrin, 1988.*

RÉELLES PRÉSENCES. LES ARTS DU SENS, *Gallimard, 1991 (Folio Essais n° 255).*

ENTRETIENS, avec Ramin Jahanbegloo, *Le Félin, 1992 ; 10-18, 2002.*

LA MORT DE LA TRAGÉDIE, *Gallimard, 1993 (Folio Essais n° 224).*

ÉPREUVES, *Gallimard, 1993.*

DIALOGUES. Sur le mythe d'Antigone. Sur le sacrifice d'Abraham, avec Pierre Boutang, *Lattès, 1994.*

PASSIONS IMPUNIES, *Gallimard, 1997 (Folio Essais n° 385).*

BARBARIE DE L'IGNORANCE : JUSTE L'OMBRE D'UN CERTAIN ENNUI, entretien avec A. Spire, *Le Bord de l'eau, 1998 ; Éditions de l'Aube, 2003.*

ERRATA. Récit d'une pensée, *Gallimard, 1998 (Folio n° 3430).*

CE QUI ME HANTE, avec la collaboration de A. Spire, H. Meschonnic, et al., *Le Bord de l'eau, 1999.*

PRÉFACE À LA BIBLE HÉBRAÏQUE, *Albin Michel, 2001.*

GRAMMAIRES DE LA CRÉATION, *Gallimard, 2001* (*Folio Essais n° 505*).

DE LA BIBLE À KAFKA, *Bayard, 2002 ; Pluriel, 2004.*

EXTRATERRITORIALITÉ. Essai sur la littérature et la révolution du langage, *Calmann-Lévy, 2002 ; Pluriel, 2004.*

ÉLOGE DE LA TRANSMISSION. Entretien avec Cécile Ladjali, *Albin Michel, 2003.*

NOSTALGIE DE L'ABSOLU, *10-18, 2003.*

LES LOGOCRATES, *L'Herne, 2003 ; 10-18, 2005.*

MAÎTRES ET DISCIPLES, *Gallimard, 2003* (*Folio Essais n° 477*).

DIX RAISONS (POSSIBLES) À LA TRISTESSE DE PENSÉE, *Albin Michel, 2005.*

UNE CERTAINE IDÉE DE L'EUROPE, *Actes Sud, 2005.*

LES LIVRES QUE JE N'AI PAS ÉCRITS, *Gallimard, 2008.*

CEUX QUI BRÛLENT LES LIVRES, *L'Herne, 2008.*

LECTURES : CHRONIQUES DU NEW YORKER, *Gallimard, 2010.*

Sur l'œuvre de G. Steiner en français :

CAHIER DE L'HERNE GEORGE STEINER, sous la direction de P.-E. Dauzat, *L'Herne, 2003.*

Composition Interligne.
Impression CPI Bussière
à Saint-Amand (Cher), le 3 août 2010.
Dépôt légal : août 2010.
1er dépôt légal dans la collection : septembre 2006.
Numéro d'imprimeur : 102189/1.
ISBN 978-2-07-033914-3./Imprimé en France.

178747